EL NIÑO REY

«EL NIÑO REY»
Título original: *O menino rei*

Texto de ©Felipe Pan e ilustraciones de ©Olavo Costa y ©Mariane Gusmão
Publicado originalmente en portugués en Brasil por Editora Nemo.

Traducción de ©Ángela Cuartas
Corrección de ©Juan Frau

De esta edición ©Avenauta
Avenauta es un sello de Publicaciones Ilustradas TTT S.L.

www.avenauta.com

Dirección editorial: Guillermo Pérez Aguilar ❤ Barbara Centorbi Rojo
ISBN: 978-84-19223-02-9 / Depósito Legal: SE 1539-2023
1º edición: septiembre de 2023

Impreso en España por Novoprint S.A.

MIXTO
Papel procedente de fuentes responsables
FSC® C019520

Para Ana Lúcia

PAN | COSTA | GUSMÃO

EL NIÑO REY

avenauta cómic
Sevilla | Mar del Plata

PREFACIO

A veces sentimos que el Antiguo Egipto está tentadoramente cerca, a punto de entrar en foco, aunque todavía se encuentre lejano y en realidad no alcancemos a verlo.

El periodo tardío de la Dinastía XVIII, cuando Akenatón reinó y fue sucedido por uno o más faraones, entre ellos tal vez su propia esposa Nefertiti y, finalmente, Tutankamón, probablemente llama la atención de los académicos, del público y de los medios más que cualquier otro periodo en la historia egipcia. Con frecuencia pienso que este periodo representa cierta paradoja para la egiptología: por un lado, tenemos evidencias abundantes (monumentos, inscripciones, cuerpos momificados de los propios antiguos, miles de objetos hechos por ellos y centenas de textos que nos cuentan sobre sus vidas); lo suficiente para engañarnos y hacernos creer que deberíamos saber lo que sucedió con exactitud, prácticamente ver su mundo por dentro. Y, aun así, los vacíos en nuestro conocimiento continúan enormes. Sí, sabemos una buena parte: lo suficiente para hacernos una determinada imagen de la vida en esos tiempos tan distantes, pero no para dar por terminadas discusiones sobre cómo se desarrollaron los eventos (¿quién sucedió a Akenatón? ¿Semenejkara era un hombre o una mujer? ¿Cómo murió Tutankamón?), ni para ver lo que realmente sucedió. Para eso, necesitamos imaginación, y los talentos de quienes logran visualizar la historia, traerla a la vida.

El Niño Rey nos proporciona eso a través de un material gráfico hermoso y elegante, repleto de energía, emoción y vida, con diálogos dinámicos que ofrecen voces altamente atractivas y cercanas a los personajes principales.

Felipe Pan, Olavo Costa y Mariane Gusmão cuentan una historia magnífica que está evidentemente enraizada en investigaciones recientes; no todos estarán de acuerdo con esta reconstrucción de los eventos, pero nadie podría afirmar que no es plausible. Los personajes principales, Tutankamón, pero también Akenatón, Neferneferuatón, Anjesenamón, Ay, Horemheb, entre otros, son representados no por restos arqueológicos, sino como seres vivos; sus palabras son restauradas, sus alrededores —palacios y templos gigantescos— son revividos. Es maravilloso ver lugares antiguos reconocibles —Amarna, Tebas, Guiza, Dashur, Meidum— retratados aquí como los lugares vibrantes que alguna vez fueron; escenarios de las decisiones y acciones del niño rey y de quienes lo rodeaban.

El Niño Rey no sólo nos ofrece las imágenes de esas personas, sino también sus expresiones faciales y sus palabras, tal como podrían haberlas dicho (aunque traducidas), recordándonos que esta es, después de todo, una historia de seres humanos exactamente como nosotros, obligados a equilibrarse entre sus fidelidades personales y las responsabilidades que detentaban. La emoción presente en los eventos históricos está ausente en reconstrucciones ofrecidas por egiptólogos como yo —por necesidad, ya que nuestro trabajo siempre debe basarse en evidencias, y las especulaciones deben reducirse al mínimo necesario en nuestras narrativas. Sin embargo, eso no significa que no haya espacio para otras reconstrucciones imaginativas como la de *El Niño Rey*, y, de hecho, nosotros, los egiptólogos, debemos agradecer a las personas especializadas en otros vehículos de comunicación por ayudar a expandir la concienzación sobre el tema y generar en el público un interés que los académicos jamás alcanzarían de otra forma. Me encanta pensar que lectores habituales de novelas gráficas descubrirán *El Niño Rey* y serán cautivados por el drama, por los personajes y por los escenarios magníficos, además de sentirse fascinados por el hecho de que la obra está basada en una historia real; de que esas personas y lugares realmente existieron. Sin duda, muchos se sentirán inspirados a aprender más. Y también me gusta pensar que algunas de los miles de personas que sacian su pasión por el Antiguo Egipto a través de libros, documentales y exhibiciones en museos puedan descubrir que *El Niño Rey* trae de vuelta a la vida, como nunca antes, parte del mundo que ellas imaginaron tantas veces.

Dr. Christopher Naunton[1]

Londres, octubre de 2022

---

1 Chris Naunton es un egiptólogo británico autor de diversos libros sobre el tema, entre ellos *Searching for the Lost Tombs of Egypt*, *Egyptologists' Notebooks* [*Cuadernos de notas de los egiptólogos* (Ed. Blume, 2020)] y *King Tutankhamun Tells All* [*El faraón Tutankamón ¡lo cuenta todo!* (Ed. Edelvives, 2022)], ilustrado por el artista brasileño Guilherme Karsten. También es creador y presentador de documentales para televisión como *King Tut's Treasure* (Blink Films, 2018).

VUESTRO OJO DERECHO ES LA BARCA DE LA NOCHE.
VUESTRO OJO IZQUIERDO ES LA BARCA DEL DÍA.
VUESTRAS CEJAS SON DE LA ENÉADA DE LOS DIOSES.
VUESTRA FRENTE ES DE ANUBIS.
VUESTRA NUCA ES DE HOR, VUESTROS RIZOS, DE PTAH-SOKAR.
ESTÁIS ANTE OSIRIS-TUTANKAMÓN, ÉL VE GRACIAS A VOS. CONDUCIDLO POR BUENOS CAMINOS.
EN SU NOMBRE, APLASTAD A LOS ALIADOS DE SET...
... PARA QUE ÉL DERRIBE VUESTROS ENEMIGOS ANTE LA ENÉADA DE LOS DIOSES EN EL GRAN CASTILLO DEL PRÍNCIPE, QUE SE ENCUENTRA EN HELIÓPOLIS.
OSIRIS, FARAÓN DE TA SHEMAU, NEBKHEPERURE, YA FALLECIDO, TOMA VIDA A TRAVÉS DE RA.

LLEGAS MUY PRONTO, JOVEN FARAÓN...

TU KA VIENE A LOS DIOSES CON LA PROMESA DE VIDA ETERNA EN AARU...
... Y A PARTIR DE AHORA LOS PECADOS DE TU CORAZÓN SERÁN JUZGADOS BAJO NUESTRO RÉGIMEN.
SI HAS SIDO DIGNO, ENCONTRARÁS AL REY DE LA ETERNIDAD, Y SERÁS AGRACIADO CON LA DÁDIVA DE LA PERPETUIDAD.
SI HAS SIDO INDIGNO, SOBRE TI CAERÁ LA CÓLERA DE LOS DIOSES, Y TODAS LAS PARTES DE TU ALMA SERÁN CONSUMIDAS EN FURIA.

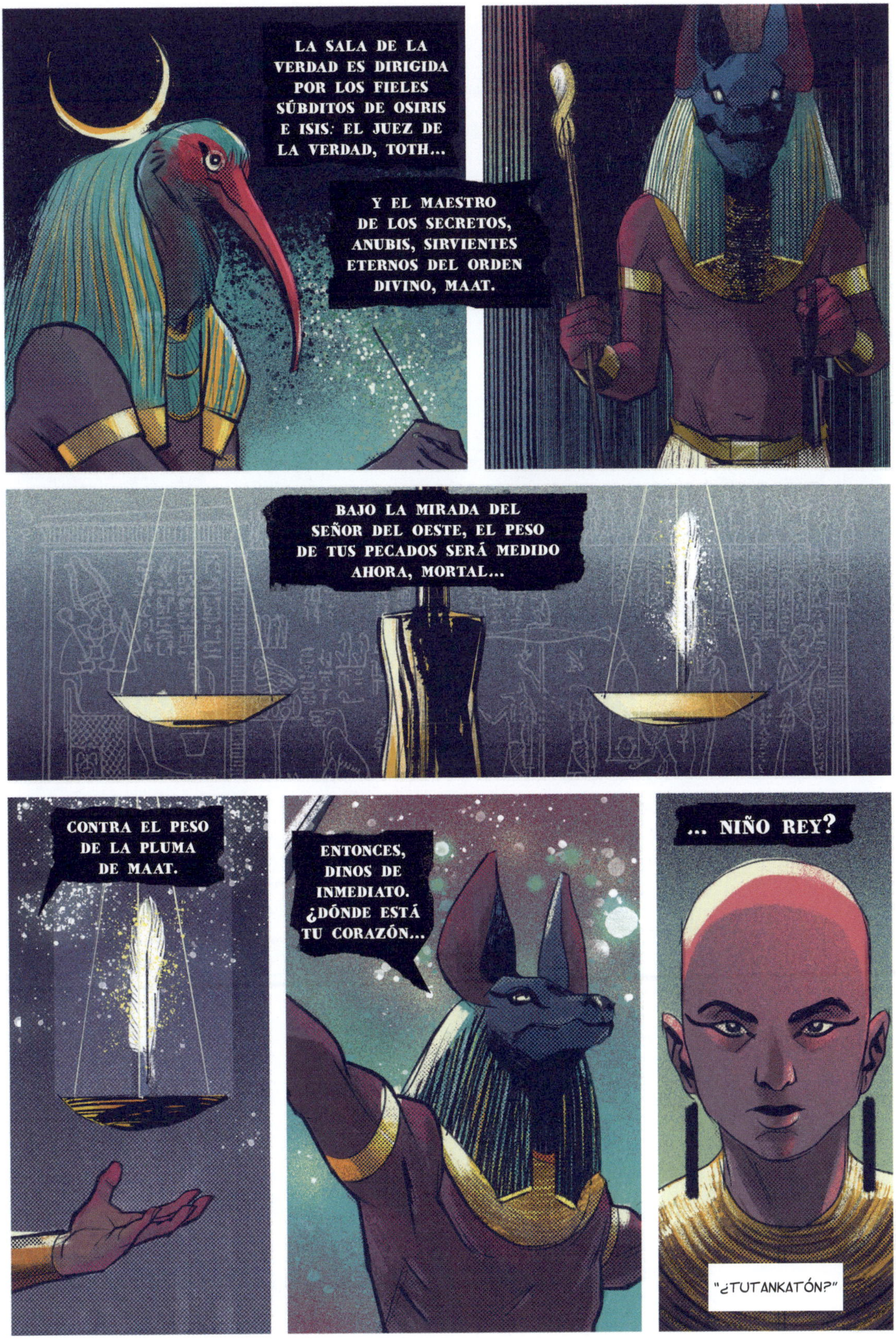
LA SALA DE LA VERDAD ES DIRIGIDA POR LOS FIELES SÚBDITOS DE OSIRIS E ISIS: EL JUEZ DE LA VERDAD, TOTH...
Y EL MAESTRO DE LOS SECRETOS, ANUBIS, SIRVIENTES ETERNOS DEL ORDEN DIVINO, MAAT.
BAJO LA MIRADA DEL SEÑOR DEL OESTE, EL PESO DE TUS PECADOS SERÁ MEDIDO AHORA, MORTAL...
CONTRA EL PESO DE LA PLUMA DE MAAT.
ENTONCES, DINOS DE INMEDIATO. ¿DÓNDE ESTÁ TU CORAZÓN...
... NIÑO REY?
"¿TUTANKATÓN?"

ES TU TURNO.
¿ESTÁS LISTO?
CREO QUE SÍ.
QUE ATÓN TE DÉ PERICIA.
NO VA A PODER.
APUESTO QUE SÍ.
YA VEREMOS.

SNAP!
¿NO OS LO DECÍA?
AY, AY...
Y ASÍ PRETENDE CAZAR AVESTRUCES...
ES MÁS PROBABLE QUE EL AVESTRUZ LO CACE A ÉL. ¡JAJAJA!
NO QUIERO AYUDA.
"¿YA ESTÁS DESPIERTO, TUTANKATÓN?"

YA ES HORA, HIJO.
AQUÍ TIENES.
TAC
TAC
TAC
TAC

UFF
¡EY!

ARGH
ESO.
ASÍ ES MEJOR.
Y-YO PUEDO SOLO...
LO SÉ.
PERO NO ES NECESARIO.
LA ORACIÓN, TUTANKATÓN. ME GUSTARÍA OÍRLA.
S-SÍ, SEÑOR.

"CUÁN VARIADO ES TODO LO QUE HAS HECHO. ESCONDIDAS DE NOSOTROS ESTÁN TUS CREACIONES. OH, DIOS ÚNICO, SIN IGUAL.
"ESTABAS SOLO, PERO CREASTE EL MUNDO SEGÚN TUS DESEOS. HUMANOS Y ANIMALES, GRANDES Y PEQUEÑOS...
"... CREASTE A TODOS LOS QUE HABITAN LA TIERRA, YA SEA SOBRE PIERNAS O AGRACIADOS CON ALAS.
"EN LAS TIERRAS DE KHOR Y KUSH, Y EN LA TIERRA DE KEMET, COLOCASTE A CADA HOMBRE EN SU LUGAR, Y ATENDISTE SUS RUEGOS. DISTE A CADA UNO SU ALIMENTO, Y A CADA UNO SU CORRESPONDIENTE CICLO DE VIDA.
"SEPARADAS FUERON SUS LENGUAS, ASÍ COMO SUS NATURALEZAS. SUS PIELES SON DISTINTAS, PUES HICISTE DISTINTOS A LOS EXTRANJEROS.
"CREASTE LA INUNDACIÓN DEL SUBMUNDO Y LA TRAJISTE CON VOS HASTA NOSOTROS, HACIENDO QUE LA VIDA FLORECIERA: PUES LA HICISTE SOLO.

"SEÑOR DE TODOS,
PERDURA POR
ELLOS.
"SEÑOR DE TODAS
LAS TIERRAS,
ASCIENDE POR
ELLOS.

"ERES GRANDE EN MAJESTAD, OH, ATÓN DEL DÍA".

¿QUÉ MIRAS, TUTANKATÓN?
EL SOL... EL SOL ESTÁ NACIENDO.
SÍ, EL DIOS ATÓN ESTÁ INICIANDO SU TRAYECTO DIARIO...
... Y SU PRESENCIA TRAE VIDA A ESTE MUNDO.
"DIME, TUTANKATÓN: ¿POR QUÉ ESTAMOS AQUÍ? ¿POR QUÉ ORDENÉ LA CONSTRUCCIÓN DE ESTA CIUDAD?"

"NO ÉRAMOS RESPETADOS EN UASET".
"ASTUTO, TUTANKATÓN, PERO NO DEL TODO CORRECTO".
"ENTIENDE... ESTA CIUDAD NO SÓLO REPRESENTA EL PRESENTE DE NUESTRO REINO. QUIERO QUE AKETATÓN SEA NUESTRO FUTURO.
"HEMOS SIDO ESCLAVOS DE NUESTRAS TRADICIONES POR DEMASIADAS ERAS, HIJO MÍO. ES HORA DE MIRAR HACIA EL FUTURO.
"DURANTE SIGLOS, DEJAMOS QUE SERES CREADOS POR NOSOTROS DETERMINARAN EL ORDEN COMO SI FUERA DIVINO...
"... Y, POR ESA ADORACIÓN IRRACIONAL, QUEDAMOS EN MANOS DE DIVINIDADES NEGLIGENTES, OCULTAS".
ESTOY ROMPIENDO ESE CÍRCULO VICIOSO Y TRAYENDO LUZ A KEMET, TUTANKATÓN.
ATÓN ES LA LUZ, Y ESTA CIUDAD, AKETATÓN, ES SU MORADA.

"ATÓN ES LO MÁS REAL QUE EXISTE ANTE NOSOTROS.
"ES ÉL QUIEN ESTÁ AQUÍ, DÍA A DÍA, RIGIENDO TODA LA VIDA.
"SU GRACIA SE ENCUENTRA EN CADA FORMA, CADA SER, Y, CLARO, ELLA NOS FORJA.
"AMENOFIS ERA MI NOMBRE, HIJO. Y, GRACIAS A ATÓN, ENCONTRÉ MI LUGAR.
"RENACÍ COMO NEFERKHEPERREWAENRE-AKENATÓN...
"... SU REPRESENTANTE EN ESTE MUNDO".

POR QUÉ... ¿POR QUÉ ME ESTÁS DICIENDO TODO ESO, PAPÁ?
SEMENEJKARA SE HA IDO, HIJO MÍO. YA DEBES SABER QUÉ SIGNIFICA.
TUTANKATÓN... TÚ SERÁS FARAÓN EL DÍA EN QUE ATÓN SE PONGA PARA MÍ Y PARA LA REINA.
Y, CUANDO LLEGUE ESE MOMENTO, SERÁ TU DEBER MANTENER NUESTRA FE Y NUESTRO LEGADO.
YO...
¿YO... ... FARAÓN?
ESTOY... ENFERMO, HIJO. YA PUEDO OÍR EL LLAMADO DE NUESTRO DIOS CON CLARIDAD...
Y ME TEMO QUE MI TIEMPO AQUÍ SE ESTÁ ACABANDO.

"CUANDO LLEGUE MI HORA DE TRASPASAR EL UMBRAL DE ESTA REALIDAD...
"... LA REINA Y TÚ SERÉIS RESPONSABLES DE NUESTRO REINO.
"Y, UN DÍA, SERÁ TU DEBER GUIAR A NUESTRO PUEBLO POR LA SENDA QUE CONSTRUÍ.
"SERÁ UNA MISIÓN ÁRDUA, HIJO. NO ME ATREVO A MENTIR.

"UNA MISIÓN
MUY ÁRDUA.
"HAY MUCHOS QUE
DESEAN LA CAÍDA DE
NUESTRA FAMILIA.
"DESDE AQUÍ
PUEDO OÍR LOS
MURMULLOS
DESCONTENTOS DE
LOS ANTICUADOS.

"MALDICEN MI NOMBRE...

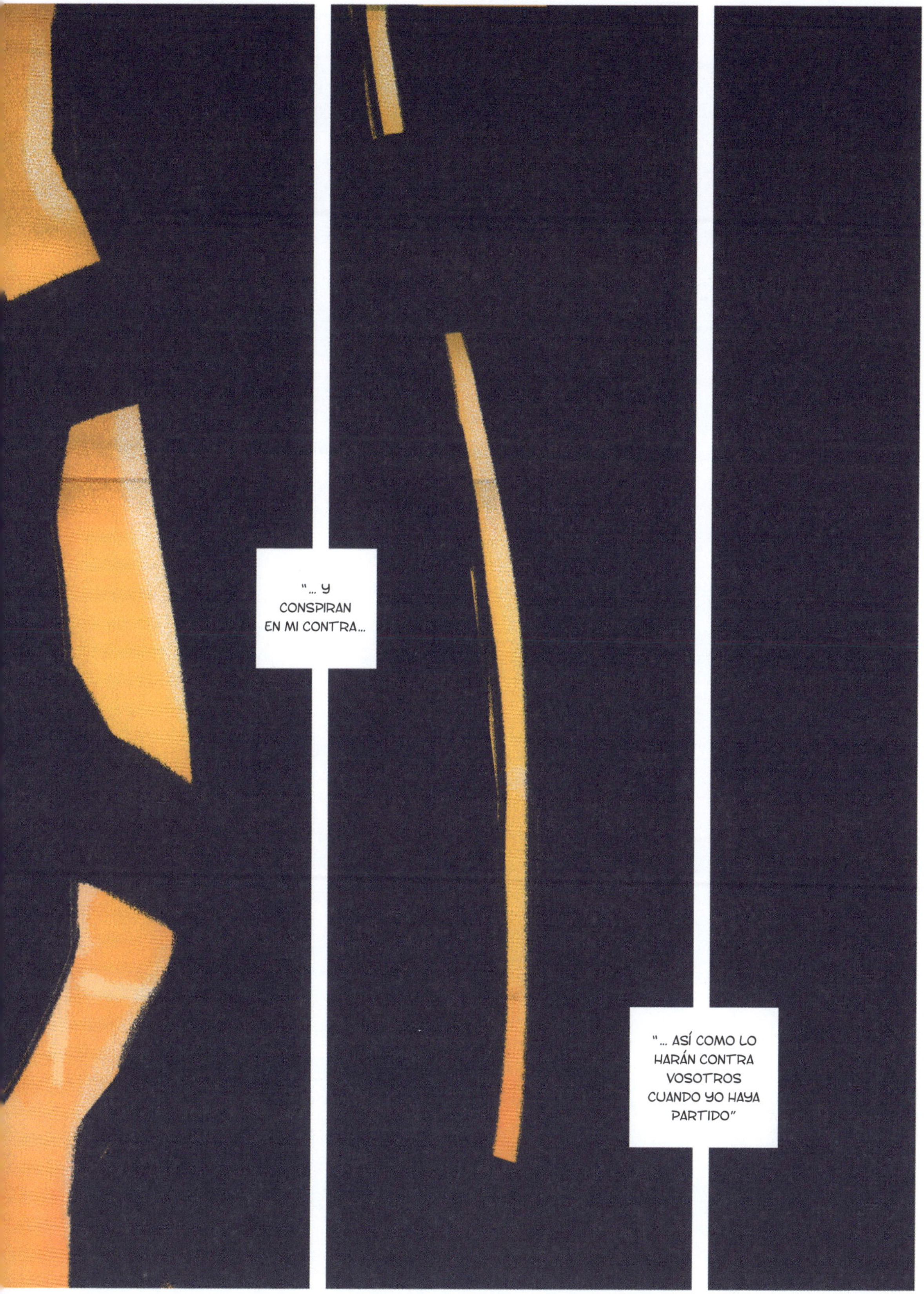
"... y conspiran en mi contra...
"... así como lo harán contra vosotros cuando yo haya partido"

ASÍ QUE ES MI DEBER PREGUNTARTE, TUTANKATÓN, Y NECESITO UNA RESPUESTA SINCERA.
¿TE SIENTES CAPAZ DE GOBERNAR **PARA** ELLOS...
... Y **CONTRA** ELLOS?
SÍ.
ENTONCES TE ENTREGO EL FILO SOBRE EL QUE GUARDARÁ EQUILIBRIO NUESTRO NUEVO MANDATO.
UNA LÁMINA FORJADA EN HIERRO CÓSMICO.
UN ARMA QUE ESTUVO MÁS CERCA DE ATÓN DE LO QUE NOSOTROS ESTAREMOS JAMÁS EN ESTA VIDA.

MI PADRE LA RECIBIÓ COMO OBSEQUIO Y, AHORA, YO TE LA ENTREGO A TI.
QUE ELLA REFLEJE LA LUZ DE ATÓN Y TE ASISTA EN LOS MAYORES DESAFÍOS.
PERO, PADRE, YO SÉ LO QUE TODOS PIENSAN DE MÍ.
"Y SÉ LO QUE DICEN A MIS ESPALDAS. INCLUSO MIS HERMANAS".
"ENTONCES RECUERDA QUE ELLAS SE PREOCUPAN POR TI, HIJO. ESPECIALMENTE ANKESENAMEN.
"CUANDO LA REINA NEFERNEFERUATÓN SE CONVIERTA EN FARAONA, TENDRÁS QUE ESTAR A SU LADO, AL LADO DE TODAS ELLAS, TUTANKATÓN...
"... Y, JUNTOS, ENCONTRARÁN FUERZA LOS UNOS EN LOS OTROS. NUESTRA FAMILIA ES FUERTE, HIJO.
"ATÓN ESTÁ CON NOSOTROS, AHORA Y SIEMPRE.

"ATÓN ES NUESTRA LUZ. NUESTRO CAMINO. HAZ QUE RECONOZCAN A NUESTRO DIOS, TUTANKATÓN...
"... O SI NO OBLÍGALOS A RECONOCERLO, HIJO. OBLÍGALOS".

DE MODO QUE RECIBISTE UN LEGADO MALDITO, NIÑO. DE UN FARAÓN QUE IGNORÓ NUESTRA PRESENCIA.
UN REY CARENTE DE RESPETO, Y SEDIENTO DE REVOLUCIÓN.
¿DÓNDE ESTÁ? ¿DÓNDE ESTÁ MI PADRE?
LOS RITOS DE AKENATÓN FUERON CELEBRADOS, PERO TANTO SU KA COMO SU BA ESTÁN FUERA DE NUESTRO ALCANCE...
... PERDIDOS EN LAS AGUAS PRIMORDIALES EN BUSCA DEL DISCO SOLAR.
ESPERAMOS QUE NO PRETENDAS SEGUIR EL MISMO CAMINO, REY NIÑO.
TUTANKATÓN... NACISTE DE UN HEREJE, PERO HAS VENIDO AQUÍ COMO SÚBDITO DE LOS DIOSES.

"ILUMINA
TU LADO DE
LA HISTORIA,
JOVEN FARAÓN.
PUES LOS DIOSES
ASÍ LO DEMANDAN"

HMM... IBA BIEN HASTA QUE DIJO QUE VA A LIDERAR LAS TROPAS.
MEJOR DEJARLE ESO AL GENERAL HOREMHEB. ¿QUÉ PIENSAS, ANKE?
TIENES QUE MEJORAR UN POCO MÁS TU POSTURA, TUT.
LEVANTA UN POCO LA QUIJADA.
MAMÁ DICE QUE, SI QUEREMOS RESPETO, TENEMOS QUE MIRAR AL PUEBLO CON CONFIANZA.
AHORA PON LAS MANOS SOBRE EL BASTÓN.
¿ASÍ?
ESO, PERF...
¡LLEGARON!
¡LA COMITIVA DE UASET YA ESTÁ AQUÍ EN AKETATÓN!

¡ESPEREN!
QUÉ PORQUERÍA DE...
... CALMA, TUT.
AQUÍ ESTOY.
¿VAMOS?
S-SÍ.

... SÓLO PUEDO DECIR...
... ES MEJOR QUE ESTEMOS PREPARADOS, MAJESTAD.
LO SÉ, VISIR, LO SÉ. GRACIAS POR SU AYUDA.
¡ALTEZA! ¿ES VERDAD QUE LOS NOBLES DE UASET ESTÁN AQUÍ?
SÍ, TUT DEBEN LLEGAR AL PALACIO EN BREVE.
¿Y QUÉ TRATAREMOS CON ELLOS? ¿KEMET ESTÁ EN GUERRA CONTRA ALGUIEN?
ESTA REUNIÓN ES PRIVADA, TUTANKATÓN. SÓLO PARA ADULTOS. .
PERO YO... ¡SOY EL CORREGENTE! ¡TENGO DERECHO A PARTICIPAR!

ES CIERTO, TUT.
PERO TODAVÍA HAY ASUNTOS PARA LOS QUE NO ESTÁS PREPARADO.
ME TEMO QUE ESTA SERÁ UN REUNIÓN DELICADA, QUERIDO. DEBEMOS TENER EL MÁXIMO CUIDADO.
PROMETO CONTARTE TODO LO DISCUTIDO DESPUÉS. ¿DE ACUERDO?
S-SÍ.
PERFECTO.
AHORA VE CON TUS HERMANAS. CONVERSAREMOS MÁS TARDE.
¿DE VERDAD CREE QUE ES MEJOR PROTEGERLO DE LA DISCUSIÓN?
SÍ, MAJESTAD.
TEMO QUE ESTE SEA UN MOMENTO DEMASIADO COMPLEJO PARA INVOLUCRAR A UN NIÑO TAN PEQUEÑO COMO ÉL.
AHORA MISMO, SOBRE TODO, NO ES PRUDENTE EXPONERNOS. NO PODEMOS DEJAR QUE VEAN ESTA DINASTÍA DE FORMA, DIGAMOS, TAN...
"... FRÁGIL."
¡YA ME CANSÉ DE ESTO!

ME SIGUEN TRATANDO COMO A UN BEBÉ. NUNCA ME DICEN NADA DE LO QUE ESTÁ PASANDO.
¡YO SOY EL FUTURO FARAÓN! ¡NECESITO SABER QUÉ ESTÁ PASANDO EN EL REINO!
ENTONCES DESCÚBRELO POR TU CUENTA.
¿PERO CÓMO?
HMMM... ¿PROMETES MANTENER EL SECRETO? TENGO UNA FORMA ESPECIAL DE HACERLO.
¡VAMOS!
¡M-MÁS DESPACIO!

¡AQUÍ!
SÓLO HAY QUE SUBIR POR ESE AGUJERO. DA A LA SALA DE REUNIONES.
UFF
¿TODO BIEN AHÍ, TUT?
S-SÍ.
¿Y AHORA QUÉ HACEMOS?
SÓLO TENEMOS QUE ESPERAR.
¿Y TÚ CÓMO SABÍAS DE ESTE LUGAR, ANKE?
PAPÁ ME LO CONTÓ.
ÉL LE PEDÍA A MERITATÓN QUE ESPIARA A LOS CONSEJEROS DURANTE LAS REUNIONES. ¡SILENCIO!
TAC TAC TAC TAC TAC TAC
YA HAN LLEGADO.

BIENVENIDOS A AKETATÓN. EL VIAJE DESDE UASET DEBE HABER SIDO LARGO Y AGOTADOR...
... PERO TAMBIÉN ENTIENDO QUE HAY ASUNTOS URGENTES QUE TRATAR. ENTONCES... ¿QUÉ TIENEN QUE DECIRLE A LA FARAONA?
EL PUEBLO DE KEMET ESTÁ... INQUIETO, MAJESTAD.
NO SÓLO HEMOS RECIBIDO MENSAJES HOSTILES DE LOS NAHARÍN Y DE KUSH, SINO QUE NUESTRAS CALLES ESTÁN EN EBULLICIÓN CON EL RUMOR DE UNA GUERRA CIVIL.
¿Y QUIÉN ESTARÍA INVOLUCRADO EN ESE... CONFLICTO?
LOS DEVOTOS DE AMÓN, QUE SON MAYORÍA EN KEMET...
"... CONTRA LOS NUEVOS SEGUIDORES DE ATÓN QUE ESTÁN POR TODO EL REINO.
"CONTRA LA FAMILIA REAL AQUÍ EN AKETATÓN, MAJESTAD".

SEA DIRECTO, GENERAL HOREMHEB. DIGA LO QUE SU CORAZÓN DESEA.
VUESTRA PERMANENCIA AQUÍ, LEJOS DE LA ANTIGUA CAPITAL, NO ES BIEN VISTA POR EL PUEBLO.
LA GENTE NECESITA UNA LÍDER QUE SEA CERCANA.
EL FARAÓN AKETATÓN NO SÓLO SE ALEJÓ DE UASET Y DEL RÉGIMEN DE AMÓN, SINO TAMBIÉN DE SUS DEBERES REALES.
LA PERCEPCIÓN DE LOS SÚBDITOS TIENE QUE CAMBIAR SI QUEREMOS MANTENER EL ORDEN EN KEMET.
¿Y QUÉ SUGIERE QUE HAGAMOS, GENERAL?
TANTO A LOS SACERDOTES COMO A LA NOBLEZA LES PARECE MEJOR QUE SALGAN DE AKETATÓN Y RETORNEN A UASET.

"MÁS QUE NUNCA, NUESTRO PUEBLO NECESITA UN FARAÓN FUERTE A SU LADO.
"ALGUIEN QUE RESPONDA A SUS ANHELOS Y QUE SIENTA A SU ALCANCE.
"NO PODÉIS HACER ESO ESTANDO AQUÍ, MAJESTAD".
¿Y QUÉ CREE QUE PODRÍA SUCEDER SI NOS NEGAMOS A SALIR DE AKETATÓN?
DEJARÉIS UNA SILLA VACÍA EN LA CAPITAL. Y YA DEBÉIS SABER MUY BIEN LO QUE SUCEDE CUANDO UN TRONO NO ES OCUPADO.
¿ESO ES UNA AMENAZA, GENERAL?
LA AUTORIDAD EN KEMET SOY YO.
PUEDO HACER QUE SE ENCUENTRE CON SUS DIOSES AHORA MISMO.
SI ME PERMITÍS UNA PALABRA, MAJESTAD...
... QUISIERA DECIR ALGO COMO SACERDOTE DE AMÓN.

EL BUEN PUEBLO DE KEMET ESTÁ UNIDO POR LA TRADICIÓN.
ENTENDEMOS NUESTRO LUGAR, NUESTRA FUERZA. Y TAMBIÉN ENTENDEMOS NUESTRO DEBER.
"CUANDO NOS ALEJAMOS DE NUESTROS CREDOS, NOS HACEMOS MÁS DÉBILES, VULNERABLES.
"NUESTROS ENEMIGOS ESPERAN UN MOMENTO COMO ESTE. UNA SOLA GRIETA PARA DECIDIR NUESTRO SINO".
EN ESTE MOMENTO TAN DELICADO, NECESITAMOS CONECTARNOS CON EL IDEAL DE KEMET.
VINCULAR LA CORONA NO SÓLO AL PUEBLO NUEVAMENTE...
"... SINO TAMBIÉN A LOS DIOSES".
"LLEGÓ LA HORA DE QUE ATÓN SE PONGA, MAJESTAD...

"... Y DE QUE DEJEMOS QUE AMÓN Y LOS DIOSES NOS CONCEDAN UNA VEZ MÁS SUS DONES".
¿TUT? ¿OÍSTE ESO?
¿QUÉ VAMOS A HACER?
OS IMPLORAMOS QUE CONSIDERÉIS LA ACTUAL SITUACIÓN CON CUIDADO, MAJESTAD. ESTE ES UN ASUNTO URGENTE Y NO PUEDE SER POSTERGADO.
¿QUÉ VAS A HACER, TUT?
ACTUAREMOS DE ACUERDO CON VUESTRA SABIA DECISIÓN.
"ESCUCHA BIEN, HIJO".

LA MISIÓN DE ESTA DINASTÍA ES ACABAR LAS NARRATIVAS ANTIGUAS. LE ENTREGAREMOS LA VERDAD AL PUEBLO DE KEMET, HIJO.
"Y LA VERDAD ES ATÓN".
ESTAMOS FINALMENTE LIBRÁNDONOS DE LAS FICCIONES QUE NOS HAN AFLIGIDO POR SIGLOS...
... Y DE LOS FALSOS ÍDOLOS QUE NOS DESCUIDARON. EL REINADO FICTÍCIO DE AMÓN HA LLEGADO A SU FIN.
ESTA ES UNA NUEVA ERA, DONDE LA GRACIA DE ATÓN SERÁ CONOCIDA POR TODOS AQUELLOS QUE CAMINAN BAJO SU LUZ.
"Y NOSOTROS LOS MANTENDREMOS EN ESTA SENDA, TUTANKATÓN. ESE SERÁ NUESTRO MAYOR LEGADO".

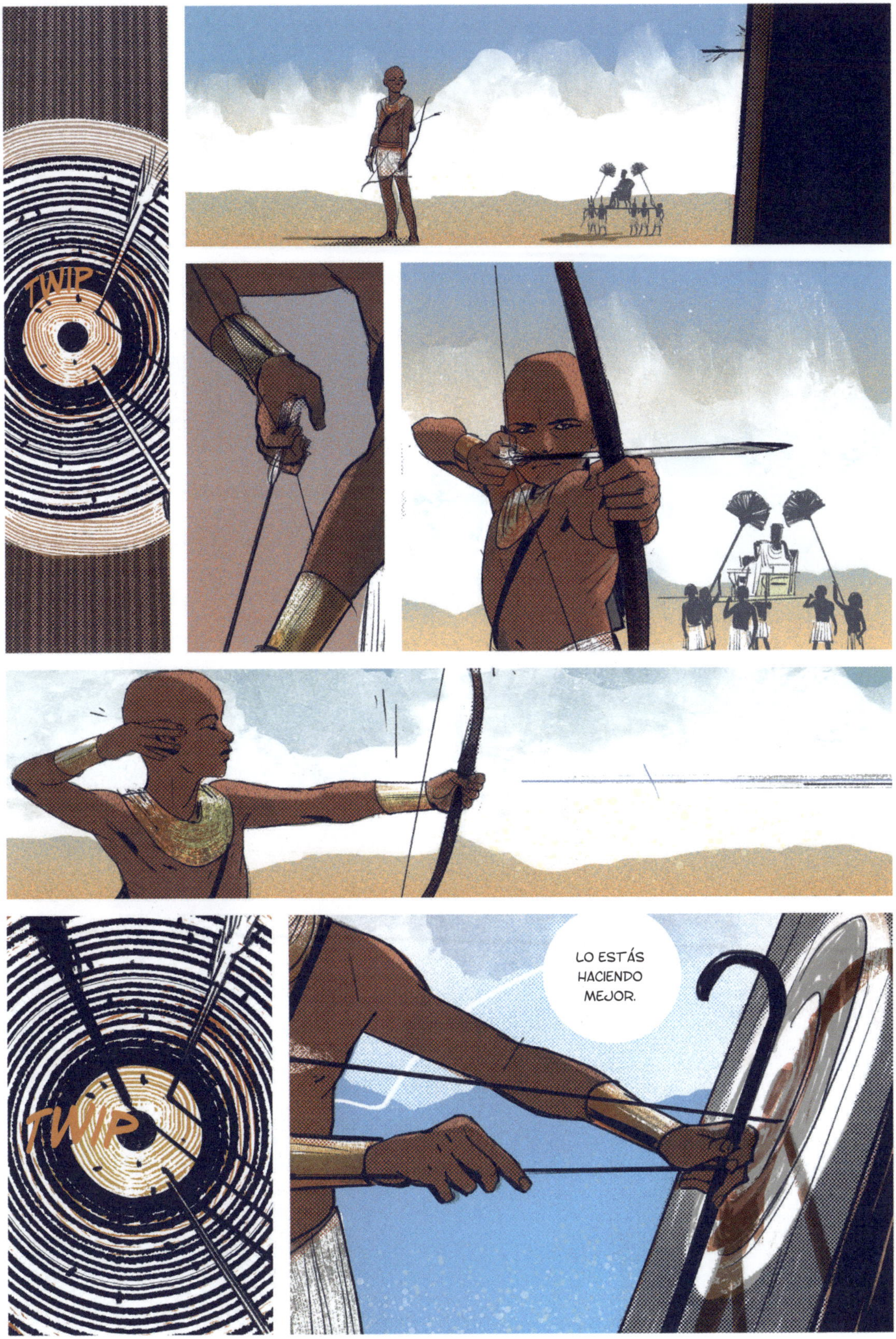
TWIP
TWIP
LO ESTÁS HACIENDO MEJOR.

DENTRO DE POCO TAMBIÉN PODRÁS PARTICIPAR EN LAS CACERÍAS REALES.
TE ESTABA BUSCANDO, TUT.
ANKE ME DIJO QUE PODRÍAS ESTAR AQUÍ.
¿PARA QUÉ SOY ÚTIL, ALTEZA?
HA HABIDO ALGUNOS... CAMBIOS, TUT. CAMBIOS IMPORTANTES A LOS QUE TENDREMOS QUE ADAPTARNOS.
YO... OÍ LA CONVERSACIÓN CON LA COMITIVA DE UASET.
QUIEREN DESHACER TODO LO QUE MI PADRE CREÓ.
¿PERO CÓMO...?
BUENO, ESO YA NO IMPORTA.
LO QUE IMPORTA ES QUE ENTIENDAS LA SITUACIÓN EN LA QUE ESTAMOS.

"TU PAPÁ QUEBRÓ LAS TRADICIONES MÁS ANTIGUAS DE ESTE REINO, TUT...
"... PERO TAMBIÉN FUE GRACIAS A ESAS MISMAS TRADICIONES Y AL PODER DE SU SANGRE POR LO QUE SE MANTUVO INTACTO COMO FARAÓN".
ESCUCHA CON MUCHA ATENCIÓN, TUTANKATÓN. NO TENEMOS EL MISMO PRIVILEGIO QUE TUVO TU PADRE.
LAS ARENAS DE KEMET SE HAN MOVIDO, Y AHORA ESTAMOS EXPUESTOS A LOS CHACALES QUE NOS QUIEREN DEVORAR.
"DEBEMOS IMPONERNOS. MOSTRAR NUESTRA FUERZA A AQUELLOS QUE NOS CUESTIONAN. PERO, DESGRACIADAMENTE, NO PODEMOS HACERLO DESDE AQUÍ, DESDE AKETATÓN".
¿Y POR QUÉ NO INVADIMOS Y TOMAMOS UASET? ¡TENEMOS UN EJÉRCITO!
¡YO YA SÉ DISPARAR!
PUEDO SER ÚTIL EN BATALLA.
NO CONFUNDAS CORAJE CON ESTUPIDEZ, TUT.
ESTAMOS YENDO HACIA UNA GUARIDA DE ESCORPIONES, ALLÁ NUESTRA LUCHA SERÁ DIFERENTE.

"DEBEMOS TENER INTELIGENCIA PARA TOMAR EL CONTROL DE LA SITUACIÓN.
"DEBEMOS RECORDARLES NUESTRO PODER, Y HACER USO DE ÉL.
"YO SOY LA FARAONA NEFERNEFERUATÓN, Y TÚ, EL FARAÓN TUTANKATÓN.
"LLEVAREMOS AKETATÓN ADONDE SEA QUE VAYAMOS...
"... Y A ATÓN EN TODAS LAS FACETAS DE NUESTRA ALMA.
"NO DEJAREMOS QUE DESTRUYAN NUESTRO PASADO...
"... NI QUE USURPEN NUESTRO FUTURO".

"... LE MOSTRAREMOS AL PUEBLO DE KEMET LA FUERZA DE NUESTRAS CONVICCIONES...
"... Y, COMO QUERÍA TU PADRE, ILUMINAREMOS UN REINO QUE AÚN SE ENCUENTRA EN LA OSCURIDAD.
"QUIERO QUE ESTÉS A MI LADO PARA ESTO, TUTANKATÓN. AL LADO DE TU FAMILIA...
"... DE NUESTRA DINASTÍA, TUT.
"JUNTOS SOMOS EL PASADO, EL PRESENTE Y EL FUTURO DE KEMET...

"Y HONRAREMOS EL PODER DIVINO QUE CORRE EN NUESTRA SANGRE, ESTEMOS DONDE ESTEMOS Y CUESTE LO QUE CUESTE".

ASÍ QUE ABANDONASTE EL REFUGIO DE TU PADRE Y VIAJASTE A UASET.
DISTE EL PRIMER PASO PARA CORREGIR LA HEREJÍA DE TU PROGENIE. SIN EMBARGO...
... NO ESTUVISTE SEGURO DE TUS DECISIONES.
TUS CONVICCIONES ERAN FRÁGILES. MUTABLES. INCONGRUENTES.
FUISTE NOMBRADO POR TU PADRE COMO LA IMAGEN VIVA DEL DISCO SOLAR, ATÓN.
NO OBSTANTE, VINISTE AQUÍ BAJO OTRO NOMBRE. AHORA ANUBIS EXIGE UNA RESPUESTA.

"¿DÓNDE ENTERRASTE TU OTRO YO, NIÑO REY?"
... Y DEBÉIS ENTENDER MUY BIEN, TUTANKATÓN.
COMO FUTURO FARAÓN, TENDRÉIS QUE DEJAR VUESTRO LEGADO.
NUESTRO PUEBLO NO SE INTERESA POR MEROS IDEALES. VUESTRA PRESENCIA DEBE SER MOSTRADA. DEBE SER VISTA.
COMO SABÉIS, NUESTROS MONUMENTOS SON PILARES IMPORTANTES DEL PODER FARAÓNICO, MAJESTAD. SEA EN UASET O AQUÍ, EN IMENTET.
Y NO ME REFIERO SÓLO AL LUGAR DE DESCANSO DE LOS FARAONES EN TA-SEKHET-MA'AT.
RECORDAD QUE VUESTRA DINASTÍA CONTRIBUYÓ MUCHO A LA SUPREMACÍA DE NUESTRA CULTURA. DESDE VUESTROS FARAONES MÁS CUBIERTOS DE MISTERIOS...
... HASTA AQUELLOS QUE CONDUJERON ESTE REINO CON MAESTRÍA, COMO VUESTRO ABUELO.
TODOS DEJARON MARCAS IMPORTANTES QUE PASARON LA PRUEBA DEL TIEMPO.

¿PERO CUÁL ES EL SENTIDO DE TODO ESO?
ESAS ESTATUAS, SANTUARIOS, TEMPLOS...
... SON SÓLO TUMBAS SOFISTICADAS, ¿NO?
VEO QUE AÚN NO OS ENTERASTEIS DE LAS CREENCIAS MÁS CONSOLIDADAS DE VUESTRO PUEBLO, MAJESTAD.
"UN FARAÓN ES LA CONEXIÓN DE KEMET CON LO INMATERIAL. CON LOS DIOSES QUE NOS GUÍAN.
"COMO TAL, VUESTRO LUGAR DE PASO DE ESTA VIDA ES UNA DÁDIVA CELEBRADA HACE MUCHO, MUCHO TIEMPO. Y ESA CONEXIÓN NOS PROTEGE, NOS GUÍA.
"GRANDES FARAONES, COMO EL PODEROSO SENEFERU ENTENDÍAN MUY BIEN LA IMPORTANCIA DE DEJAR UNA MUESTRA DE SU GRANDEZA PARA QUE SU LEGADO FUERA VENERADO".
UN LEGADO QUE RECIBIERON SUS HIJOS, Y DESPUÉS TAMBIÉN SUS NIETOS.
AUNQUE VENGÁIS DE OTRA DINASTÍA, TUTANKATÓN, NO OS ENGAÑÉIS.

VOSOTROS TAMBIÉN SOIS PARTE DE LA HISTORIA DE KEMET, Y TENÉIS TANTO UN LEGADO PARA CUIDAR COMO OTRO PARA CONSTRUIR.

ENTONCES... ¿CREE QUE YO TAMBIÉN DEBERÍA CONSTRUIR MI PROPIA MER?
ME GUSTARÍA VEROS INTENTARLO, MAJESTAD. DESGRACIADAMENTE, ESE ES UN ARTE PERDIDO EN LAS ARENAS DEL TIEMPO.
LO QUE VEMOS AQUÍ SON RELIQUIAS CENTENARIAS VALIOSÍSIMAS, PERO QUE NO SE PUEDEN REPLICAR.
SUGIERO, EN VEZ DE ESO, QUE REALIZÉIS ALGO PURAMENTE VUESTRO.
PENSAD EN ALGO COMO VUESTRA PROPRIA ESFINGE, POR ASÍ DECIR.
OBRAS O HAZAÑAS QUE, DIGAMOS...
... PUEDAN REFLEJAR MEJOR VUESTRA PROPIA IMAGEN.

ESTÁS CALLADO, TUT. ¿ESTÁS TRISTE PORQUE TENEMOS QUE VOLVER A UASET TAN PRONTO?
NO SÉ SI... NO SÉ SI YO PODRÉ SER LO QUE FUERON ESOS FARAONES.
PERO TAL VEZ NO TENGAS QUE ASPIRAR A SER LO MISMO.
SENEFERU, KEOPS, NUESTRO ABUELO... TODOS ESOS FARAONES HICIERON LO QUE CREÍAN QUE LES GUARDABA EL DESTINO.
"TAL VEZ ATÓN TENGA RESERVADO UN DESTINO MUY DIFERENTE PARA TI, TUT.

"ALGO TOTALMENTE ÚNICO".
... ASÍ, TE AGRADECEMOS, OH ATÓN, POR VUESTRA PROTECCIÓN EN EL CAMINO DE REGRESO DE IMENTET A UASET.
Y, CON VUESTRA GRACIA, GOZAMOS DE NUESTRA CENA ESTA NOCHE.
¿ESTÁS BIEN, MAMÁ? PARECES... DISTRAÍDA.
NO, NO ES NADA...
¿PASÓ ALGO? SEA LO QUE SEA, PUEDES CONTARNOS. ¡PODEMOS AYUDAR!
LOS SACERDOTES DE AMÓN ESTÁN... EXIGIENDO QUE CAMBIEMOS OFICIALMENTE NUESTRO CREDO, QUIEREN QUE RENUNCIEMOS A ATÓN.
TENGO QUE SER SINCERA CON VOSOTROS. NO SÉ HASTA CUÁNDO PODRÉ MANTENER LA SITUACIÓN BAJO CONTROL.
PERO ESO SERÍA... ABANDONAR TODO EN LO QUE CREEMOS.
YA ESTAMOS AQUÍ CONTRA NUESTRA VOLUNTAD. ¿AHORA TAMBIÉN NOS QUIEREN OBLIGAR A ABANDONAR A NUESTRO DIOS?

LAS FUERZAS QUE ESTÁN EN JUEGO SON SUPERIORES A NOSOTROS, TUT. SUPERAN LO QUE NUESTRA FAMILIA PUEDE SOPORTAR.
DESDE QUE LLEGAMOS A UASET NOS MIRAN CON DESCONFIANZA.
COMO SI NO PERTENECIÉRAMOS A ESTE REINO. COMO SI ESTUVIÉRAMOS TRAMANDO ALGO CONTRA ELLOS.
NUESTRAS CREENCIAS DESESTABILIZAN LA ESTRUCTURA DE PODER DE KEMET, Y HAY MUCHOS AQUÍ QUE TODAVÍA GOZAN DE UN PRIVILEGIO NO MERECIDO.
ELLOS SE SIENTEN ACORRALADOS CON NUESTRA PRESENCIA...
... Y UNA FIERA ACORRALADA SIEMPRE ES MÁS PELIGROSA.

UNA VEZ MÁS, NECESITO QUE TENGÁIS CUIDADO. MEDID MUY BIEN VUESTROS PASOS, ASÍ COMO CADA PALABRA QUE SALGA DE VUESTRAS BOCAS.
PERO... ¡NOSOTROS SOMOS LOS FARAONES! SON ELLOS QUIENES DEBERÍAN MOSTRARNOS RESPETO. ¡NO AL CONTRARIO, ALTEZA!
TENEMOS QUE DEMOSTRARLES QUIÉNES SOMOS. ¡QUE NO RENUNCIAREMOS A NADA!
QUE TENEMOS SANGRE REAL, Y NOS DEBEN RESPETO.
OJALÁ LAS COSAS FUERAN TAN SIMPLES... PERO TUS PALABRAS SON VERDADERAS, TUT.
"KEMET ES NUESTRO REINO.

"NO PUEDO DEJAR QUE NOS COACCIONEN ASÍ. TENEMOS A ATÓN...
"ASÍ COMO NOS TENEMOS UNOS A OTROS.
"CUMPLIREMOS NUESTRO DEBER Y ESTRECHAREMOS AÚN MÁS NUESTROS LAZOS, HIJOS.
"EN NUESTRAS MANOS DEBE DESCANSAR EL DESTINO DE KEMET.
"DESPUÉS DE TODO, SON MANOS BENDECIDAS QUE SIRVEN A UN PROPÓSITO MUCHO MAYOR.

"SÍ, TUTANKATÓN.
"SOMOS SUPERIORES A ELLOS.
"SOMOS SUS PROPIOS DIOSES.
"Y LOS DIOSES NO NEGOCIAN".

MAJESTAD... ME OLVIDÉ DE...

¡NO!
¡CUIDADO CON VUESTRAS DECISIONES...
JOVEN, FARAÓN!
¿M-MA-MAJESTAD?
¡MAJESTAD!
¡DESPIERTA! ¡POR FAVOR, DESPIERTA!
"¿ESTÁIS SEGURO DE HABER VISTO ESO?"

SÍ...
ENTONCES LA SITUACIÓN ES GRAVÍSIMA, GENERAL.
POR FAVOR, NO ME DEJES...
SI FUERON LO SUFICIENTEMENTE OSADOS COMO PARA ELIMINAR A LA FARAONA, VOLVERÁN POR EL NIÑO.
CON TODO RESPETO, VISIR AY, SI LO QUISIERAN MUERTO, YA LO HABRÍAN HECHO. ESO SÓLO FUE UN MENSAJE.
CREO QUE EL CHICO ESTÁ A SALVO POR AHORA.
¿CÓMO PUEDE DECIR ESO, GENERAL? ¡NEFERNEFERUATÓN ACABA DE SER ASESINADA! ¿QUÉ SERÁ DEL NIÑO?
MI DEBER OFICIAL ES PROTEGER A LOS REGENTES DE KEMET. NO DEJARÉ QUE LE PASE NADA.
¿Y CÓMO HARÍA ESO, HOREMHEB? HAY MUCHOS QUE DESEAN EL FIN DE LA DINASTÍA, COMO BIEN SABE. QUIEREN EL FIN DE LA ERA DE ATÓN. Y, SI MAL NO RECUERDO, USTED TAMBIÉN ERA UNO DE ELLOS, ¿NO ES CIERTO...
... GENERAL?

CUIDADO CON SUS INSINUACIONES, VÍBORA. PUEDO PARTIRLO POR LA MITAD COMO A UN PEDAZO DE PAN.
¿QUÉ- QUÉ VA A PASAR AHORA?
¿QUÉ... QUÉ DEBO HACER?
ME TEMO QUE NO HAY MUCHO TIEMPO PARA PENSAR, MAJESTAD. ESTÁIS A PUNTO DE CONVERTIROS EN EL ÚNICO FARAÓN...
... Y, A PARTIR DE AHORA, DEBÉIS TENER AÚN MÁS CUIDADO CON VUESTRAS DECISIONES.

"ESTÁIS EN SU TERRENO, TUTANKATÓN. Y ELLOS TIENEN UNA VENTAJA MUY GRANDE SOBRE VOS.
"MILENIOS DE TRADICIONES NO PUEDEN SER TOMADOS A LA LIGERA. ES NECESARIO QUE ENTENDÁIS DÓNDE ESTÁIS, Y LAS ARMAS QUE ESTÁN A VUESTRA DISPOSICIÓN".
"¿ENTONCES, POR DÓNDE... POR DÓNDE EMPIEZO?
"PRIMERO, DEBÉIS SEPULTAR LO QUE HABÉIS SIDO HASTA AHORA. DESDE VUESTRA ASCENDENCIA HASTA VUESTRA IDENTIDAD".
POR LA AUTORIDAD DE AMÓN Y BAJO LA MIRADA DE LA ENÉADA DE LOS DIOSES...
"TOMAD LA CORONA. DESPOSAD VUESTRA SANGRE. MANTENED VIVAS LAS TRADICIONES DE ESTE REINO".
... ¡YO OS CORONO FARAÓN DE KEMET! AHORA, LEVANTAOS CON VUESTRO NUEVO NOMBRE...

"SED EL LÍDER QUE ESPERAN DE VOS. EL LÍDER QUE ANHELAN EN VOS. SU ÚNICO FARAÓN..."
... ¡TUTANKAMÓN NEBKHEPERURE!

¿Y CUÁL FUE TU DECISIÓN...
... NIÑO REY?
N-NO ENTIENDO...
¿ESCOGISTE SEGUIR POR EL CAMINO HEREJE DE TU PADRE...
... O ESCOGISTE NUESTRA GRACIA ETERNA?
NO OSES MENTIRNOS, FARAÓN. DE CUALQUIER FORMA, SABREMOS TU VERDAD.
Y-YO HICE...
... ¡YO HICE LO QUE DEBÍA HACER!

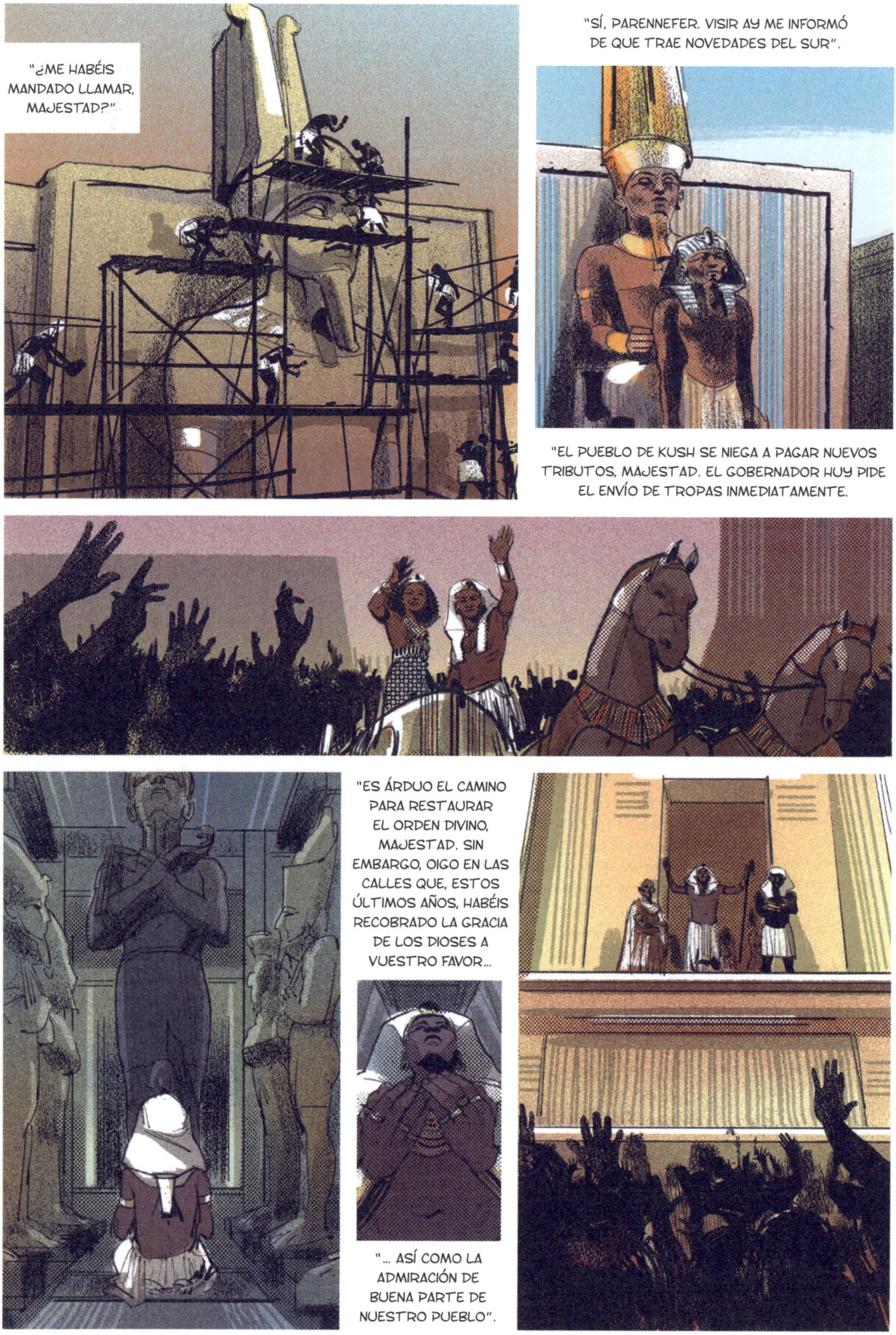
"¿ME HABÉIS MANDADO LLAMAR, MAJESTAD?".
"SÍ, PARENNEFER. VISIR AY ME INFORMÓ DE QUE TRAE NOVEDADES DEL SUR".
"EL PUEBLO DE KUSH SE NIEGA A PAGAR NUEVOS TRIBUTOS, MAJESTAD. EL GOBERNADOR HUY PIDE EL ENVÍO DE TROPAS INMEDIATAMENTE.
"ES ÁRDUO EL CAMINO PARA RESTAURAR EL ORDEN DIVINO, MAJESTAD. SIN EMBARGO, OIGO EN LAS CALLES QUE, ESTOS ÚLTIMOS AÑOS, HABÉIS RECOBRADO LA GRACIA DE LOS DIOSES A VUESTRO FAVOR...
"... ASÍ COMO LA ADMIRACIÓN DE BUENA PARTE DE NUESTRO PUEBLO".

¿PARTE DE NUESTRO PUEBLO? ¿QUÉ QUIERE DECIR?
COMPRENDED... AÚN VIVIMOS UN PERIODO DE RECONSTRUCCIÓN, MAJESTAD.
NO HAN PASADO MÁS QUE ALGUNAS INUNDACIONES DESDE QUE ASUMISTÉIS EL TRONO. VIVIMOS UN PROCESO INTENSO DE CAMBIO, NATURALMENTE.
RECORDAD QUE NUESTRO REINO FUE VÍCTIMA CUANDO EL FARAÓN AKHENA...
... ATÉNGANSE ÚNICAMENTE AL PRESENTE, ALTO SACERDOTE.
EL LEGADO DE MI FAMILIA PESA SOBRE MÍ Y SOBRE MIS HERMANAS, SOBRE NADIE MÁS.
SERÍA SABIO DE SU PARTE CONCENTRAR SUS PREOCUPACIONES ÚNICAMENTE EN EL ESTADO ACTUAL DE KEMET.
¿QUEDÓ CLARO, PARENNEFER?
SÍ, VUESTRA MAJESTAD.

VISIR AY, ACOMPAÑE AL ALTO SACERDOTE DE REGRESO AL TEMPLO DE AMÓN. ME UNIRÉ A USTEDES EN BREVE.
COMO QUIERA, MAJESTAD.
¿CANSADO DE GOBERNAR, ALTEZA?
ANKESE...
... ANJESENAMÓN, TUT. ANJESENAMÓN. LAS PAREDES TIENEN OÍDOS, TÚ LO SABES.

USAR NUESTROS NOMBRES DE NACIMIENTO NO AYUDARÁ EN NADA A NUESTRA CAUSA.
YO SÉ, ANJE. YO SÉ. PERO ES QUE...
¿QUÉ PASA?
A VECES, CREO QUE...
... NO SÉ QUÉ ES LO QUE QUIEREN QUE SEA
NI QUÉ DEBO SER, LA VERDAD.
ESTOY EN LA PENUMBRA, ANJE. NO TENGO UN RUMBO CLARO PARA SEGUIR, Y NO LOGRO CONFIAR EN NADIE MÁS QUE EN TI.
SI NO SABES BIEN A DÓNDE IR, ¿ENTONCES, POR QUÉ NO EMPIEZAS PREGUNTANDO EL CAMINO?
¿E-EXPLÍCATE?

"TAL VEZ ESTÉS PRESTANDO ATENCIÓN A LAS VOCES EQUIVOCADAS, TUT. A LAS PERSONAS EQUIVOCADAS.
"LOS SACERDOTES, LOS NOBLES... ¿TE HAS PREGUNTADO QUÉ SABEN ELLOS REALMENTE SOBRE NUESTRO PUEBLO?
"SI QUIERES SER RESPETADO Y ADORADO, NO ES SUFICIENTE QUE TUS SÚBDITOS TE ENTIENDAN. TAMBIÉN DEBES INTENTAR ENTENDERLOS. OÍR SUS DESEOS, SUS ANHELOS...
... PERO LA ÚLTIMA INUNDACIÓN NO PRODUJO UNA COSECHA TAN GRANDE COMO SE ESPERABA.
LOS SACERDOTES DICEN QUE LA PRÓXIMA SERÁ MEJOR.
ENTONCES SIGAMOS ORANDO A LOS DIOSES.
"Y, AÚN MÁS IMPORTANTE, DEBES OFRECERLES ALGO A CAMBIO".
Y POR ESO DIGO, ¡NO CONFÍEN EN NINGUNA REALEZA! ¡OH NO, SEÑOR!
¡MÍRENME A MÍ NADA MÁS! YO ERA IMPORTANTE, YA LES DIGO. ¡UN SOLDADO DE PESO! "¡EL TERROR DE KUSH", ME DECÍAN!
¡CON SÓLO APARECER, ELLOS YA MOJABAN SUS ENAGUAS!
¡JAJAJA!
¡TENÍA FAMILIA! ¡RESPETO! Y ENTONCES, ¿QUÉ SUCEDIÓ?
EL FARAÓN DECIDIÓ ABANDONAR A LOS DIOSES Y ADORAR AL SOL, ¡ESO FUE LO QUE SUCEDIÓ! Y SE LLEVÓ A LA CORTE AL MEDIO DE LA NADA. ¡LANZÓ A KEMET POR EL PRECIPICIO!

¡YO TAMBIÉN VIVÍA EN ESA CIUDAD MALDITA! NOS SACARON DE LOS CAMPOS DE BATALLA Y NOS FORZARON A TRABAJAR HASTA LA MUERTE EN LAS CONSTRUCCIONES DEL FARAÓN PARA SU DIOS IDIOTA. AHORA SU HIJO QUIERE REDIMIR SUS PECADOS.
¡SOMOS SUS PEONES, TODOS NOSOTROS! NO SOMOS MÁS QUE ESCLAVOS DE AQUELLOS QUE NI SIQUIERA LUCHAN NUESTRAS BATALLAS. ¡PEONES DE REYES MEZQUINOS Y COBARDES!
¡PERO LOS DIOSES LO VEN TODO Y PRONTO SE VENGARÁN! ¡Y YO TAMBIÉN! ¡EL PROPIO JONSU ME LO DIJO! SÓLO NECESITO UNA AYUDITA...
¡GRACIAS, JOVEN! USTED SERÁ EL PRIMERO EN RECIBIR SUS DÁDIVAS, ¡NO LO DUDO!
POR LA GRACIA DE AMÓN Y DE TODOS LOS DIOSES.

¿ME HABÉIS MANDADO LLAMAR, MAJESTAD?
SÍ, GENERAL. ME GUSTARÍA PREGUNTARLE ALGO.
¿CÓMO ES PARTICIPAR EN UNA GUERRA?
PERDÓN, MAJESTAD. NO SÉ SI ENTENDÍ BIEN LA PREGUNTA.
¿QUÉ SE NECESITA PARA QUE ALGUIEN SE UNA A LAS TROPAS Y VAYA AL CAMPO DE BATALLA?
DISCIPLINA Y CORAJE SON FACTORES ESENCIALES, MAJESTAD. PERO SI ME PERMITÍS SER FRANCO...
... UN POCO DE SUERTE SIRVE MUCHO, CON LA GRACIA DE AMÓN. ¿ACASO PODRÍA PREGUNTAR EL MOTIVO DE LA PREGUNTA, MAJESTAD?

YA DEBE DE HABER OÍDO SOBRE NUESTRA SITUACIÓN CON LOS REBELDES DE KUSH.
SÉ QUE PRONTO HAN DE PARTIR EN CAMPAÑA...
... Y QUIERO UNIRME A LA BATALLA.
PERO... ¡¿MAJESTAD?! NO ESTARÉIS PENSANDO EN...
... YA TOMÉ MI DECISIÓN, VISIR.
DURANTE MUCHAS GENERACIONES, LOS FARAONES HAN ACOMPAÑADO A SUS TROPAS AL SERVICIO DE NUESTRO REINO. PARA LUCHAR POR LA GLORIA DE KEMET.
HA LLEGADO MI HORA DE HACER LO MISMO.
Y LO CONSIDERÁIS PRUDENTE CON VUESTRAS... BIEN...
... ¿DIFICULTADES, MAJESTAD?

YO SIEMPRE HE SABIDO LO QUE DICEN DE MÍ, GENERAL.
Y LO QUE PIENSAN DE MÍ.
QUIERO PROBAR QUE ESTÁN EQUIVOCADOS. QUIERO MOSTRAR QUIÉN SOY DE VERDAD, Y LO QUE SOY CAPAZ DE HACER.
QUIERO QUE ENTIENDAN QUE SOY TAN FUERTE COMO LOS FARAONES QUE ME PRECEDIERON. PERO NECESITO SU AYUDA.
GENERAL HOREMHEB.
QUIERO ACOMPAÑARLO CUANDO SE MARCHEN A NAPATA.
PERO NO LO HARÍA SIN SU APROBACIÓN. ¿QUÉ ME DICE, AMIGO?
SERÁ UN HONOR LUCHAR AL LADO DEL FARAÓN, MAJESTAD.
EL MAYOR HONOR DE MI CARRERA, A DECIR VERDAD.

VISIR AY. GENERAL HOREMHEB. NECESITAMOS ACTUAR RÁPIDO CONTRA NUESTROS ENEMIGOS. ENTIENDO QUE LAS TROPAS ESTÁN CASI LISTAS, ASÍ QUE HAGAN LOS PREPARATIVOS PARA QUE PARTAMOS MAÑANA.
NATURALMENTE, MAJESTAD.
DÍGAME, GENERAL...
... ¿QUÉ TIPO DE FAVORES ESPERA RECIBIR CON SU... FARSA?
¿FAVORES?
NO MENOSPRECIE MI INTELIGENCIA, HOREMHEB. INCENTIVAR A UN JOVEN COMO ÉL A IR AL CAMPO DE BATALLA ES PRÁCTICAMENTE UNA SENTENCIA DE MUERTE.
NO ME OPONDRÉ A LA VOLUNTAD DEL FARAÓN, VISIR. MÁS QUE NADIE, USTED SABE EL COSTO QUE NUESTRO REINO PAGÓ POR TANTOS AÑOS DE NEGLIGENCIA REAL. NECESITAMOS UN FARAÓN QUE CUMPLA CON SUS DEBERES. TODOS ELLOS.
ENTONCES ME PARECE IMPORTANTE RECORDARLE QUE... EN CASO DE QUE ALGO LE SUCEDA AL FARAÓN, HABRÁ QUIEN CLAME EL TRONO PARA SÍ. INCLUSO YO...
... SI ES QUE ESTÁ PENSANDO EN COSAS INDEBIDAS.
MI MISIÓN SIEMPRE FUE SERVIR Y ACONSEJAR AL FARAÓN TUTANKAMÓN...
... Y NO DEJARÉ DE CUMPLIR CON MI DEBER. JAMÁS.
DARÉ MI VIDA PARA PROTEGERLO, SI ES NECESARIO. SÓLO ME GUSTARÍA DECIRLE ALGO, VISIR...

"... EL CHICO AÚN PUEDE SORPRENDERLO. SÉ DE LO QUE ES CAPAZ, LO MUCHO QUE TRABAJA DÍA Y NOCHE. Y SI HAY ALGO EN LO QUE ME GUSTA CREER...
"... ES EN QUE LOS DIOSES SUELEN SONREÍR A LÍDERES COMO ÉL".
VUELVE A SALVO POR MÍ, TUT. O, MEJOR...
... POR NOSOTROS, TUT.
POR NOSOTROS.
¡ANJE! ¡NO... NO LO PUEDO CREER!
VOLVERÉ POR TI, LO PROMETO. ATÓN... AMÓN ESTÁ CONMIGO.

"PROBARÉ MI VALOR ANTE NUESTRO PUEBLO. ANTE NUESTROS DIOSES. ANTE TI... Y ANTE NUESTRO LINAJE".
ADMIRO VUESTRO CORAJE AL ACOMPAÑARNOS, MAJESTAD.
ES MI DEBER COMO FARAÓN, GENERAL. PERO TENGO QUE CONFESARLE ALGO.

TODAVÍA NO SÉ MUY BIEN QUÉ PUEDO OFRECER.
VUESTRA PRESENCIA YA ES SUFICIENTE PARA MOTIVAR A NUESTROS HOMBRES, MAJESTAD. ADEMÁS...
... CONOZCO VUESTRA HABILIDAD CON EL ARCO Y LA FLECHA. SERÉIS MUY ÚTIL EN BATALLA, ESTOY SEGURO.
YO NUNCA... LE QUITÉ LA VIDA A NADIE, GENERAL. ¿CÓMO... CÓMO PUEDO PREPARARME PARA ESO?
ME TEMO QUE NO TENGO UNA RESPUESTA, MAJESTAD. GUERREAR ES LO QUE SIEMPRE HE HECHO...
"... Y TAL VEZ SEA LO ÚNICO QUE HARÉ".
LO DUDO MUCHO, GENERAL. USTED ES UN HOMBRE SABIO Y NO TIENE MIEDO DE DEFENDER AQUELLO EN LO QUE CREE. NO SE CONTENTA CON VIVIR SIN RIESGOS, A DIFERENCIA DE VISIR...

AGRADEZCO VUESTRAS GENTILES PALABRAS, MAJESTAD. RESPECTO A VUESTRA PREGUNTA, TAL VEZ EL MEJOR CONSEJO QUE YO PUEDA OFRECEROS ES QUE DEBÉIS SUPRIMIR VUESTRA VACILACIÓN.
"ES PRIVILIEGIO Y DEBER DEL FARAÓN GOBERNAR KEMET DE ACUERDO CON SUS INTENCIONES... PERO TAMBIÉN ES DEBER DEL FARAÓN SUBYUGAR A CUALQUIERA QUE DESAFÍE NUESTRO REINO. PARA ESO, ES NECESARIO TENER FUERZA, MAJESTAD.
"FÍSICA Y MENTAL.
"RECORDAD ESTO CUANDO ESTEMOS EN EL CAMPO DE BATALLA.
"Y CONFIAD EN LO QUE LOS DIOSES TIENEN RESERVADO PARA VOS".
"LOS DIOSES...
"... SÓLO ME PREGUNTO, GENERAL, ¿EN CUÁL DEBEMOS CONFIAR?"
"¿POR QUÉ NO EN TODOS, MAJESTAD?

"INCLUSO EL QUE LLEVA
EN EL FONDO DE SU CORAZÓN".

"ESTAMOS AQUÍ PARA SERVIRLOS. Y, COMO RETRIBUCIÓN, ELLOS NOS OFRECEN SUS BENDICIONES.
"NO TEMEREMOS A NADIE, PUES LOS DIOSES ESTÁN CON NOSOTROS. ELLOS NOS HACEN FUERTES.
"NOS HACEN CERTEROS.
"Y, CUANDO LLEGUE EL MAYOR DESAFÍO...
"... ¡ELLOS NOS GUIARÁN A LA VICTORIA!"

¡EL FARAÓN HA VUELTO!
¡Y TRAE LOS BOTINES DE LA GUERRA!

¡SALVE AL FARAÓN!
¡EL ENVIADO DE MAAT!
¡HEMOS RECOBRADO LA GRACIA DE AMÓN!
¡HEMOS VENCIDO, ANJE! HEMOS...
¡SALVE AL GENERAL HOREMHEB! ¡SALVE AL FARAÓN!
¡EL FARAÓN ES NUESTRO DIOS!
... QUÉ... ¿QUÉ PASÓ?
NUESTRO BEBÉ... SE...
¡ÉL NOS BENDICE CON ABUNDANCIA!
¡VIDA ETERNA A NUESTRO REINO!
¡LARGA VIDA A NEBKHEPERURE TUTANKAMÓN!
¡KEMET HA RENACIDO!
¡Y LARGA VIDA A SU LINAJE!

FUE ÁRDUA TU TRAVESÍA, NIÑO REY.
COMO DEBE SER EL REINADO DE CUALQUIER MORTAL QUE ANHELE SERVIRNOS.
ELEGISTE TRAICIONAR TU HERENCIA PARA ABRIR TU CAMINO HACIA LA ETERNIDAD. HACIA NOSOTROS.
SIN EMBARGO...
... AUN AHORA, CADA ASPECTO DE TU ALMA VACILA. HAY UN CONFLICTO DE EMOCIONES QUE DEBILITA TUS RESOLUCIONES.
Y TU CORAZÓN NO ENCONTRÓ EL CAMINO HACIA NOSOTROS.
SÓLO NOS RESTA OÍR LA ÚLTIMA HISTORIA.
¿CÓMO LLEGASTE A NUESTRA PRESENCIA?
"¡EN GUARDIA, MAJESTAD!"

¡IZQUIERDA!
CLACK
¡MUY BIEN!
¡DERECHA!
CLACK
¡ATENCIÓN!
ESTÁIS EXIGIENDO DEMASIADO DE VUESTRO CUERPO, MAJESTAD. TAL VEZ DEBERÍAMOS TERMINAR POR HOY.
AÚN NO, GENERAL. TODAVÍA AGUANTO UN POCO MÁS. TENGO QUE MEJORAR.
EN ESE CASO...

... LA MEJOR ESTRATEGIA DEBE SER COMPENSAR VUESTRAS PROPIAS LIMITACIONES.
UNA BUENA DEFENSA ES APENAS EL COMIENZO, ENTONCES ESCUCHAD MIS PALABRAS.
AVANZAD CON VUESTRO PIE MÁS FUERTE.
MANTENED LA CONCENTRACIÓN. Y TAMBIÉN EL EQUILIBRIO.
LEED LOS MOVIMIENTOS DE VUESTRO ENEMIGO.
CONTRA UN OPONENTE MAYOR, USAD VUESTRO TAMAÑO COMO VENTAJA...
... Y ATACAD DIRECTAMENTE UN PUNTO VITAL.
PROLONGAR UNA BATALLA SÓLO OS TRAERÍA MÁS OBSTÁCULOS, MAJESTAD.
QUIERO... INTENTAR ALGO, GENERAL. SI ME LO PERMITE, CLARO.
CIERTAMENTE, MAJESTAD.
CRACK
LISTO.
OTRA VEZ, GENERAL.

CLACK!
¡JA!
WOOOSH
¡BIEN!
¡MUY BIEN!
UN POCO MÁS Y VUESTRA...
... ¿MAJESTAD? ¡MAJESTAD!

... PERO AÚN ESTAMOS INTENTANDO DETERMINAR LA CAUSA. HUBO MÁS CASOS COMO ESTE EN EL PALACIO, ALTEZA.
¿ES LA MISMA ENFERMEDAD QUE TUVO NUESTRO PADRE, PENTU?
DIFÍCIL SABERLO, REINA. PERO OS ASEGURO QUE ESTAMOS HACIENDO TODO LO POSIBLE.
DEBEMOS MANTENER LA CALMA Y ORAR A LOS DIOSES POR LA RECUPERACIÓN DEL FARAÓN.
¿Y NO HAY NADA QUE PODAMOS HACER CONTRA ESTA MALDICIÓN?
SOY UN HOMBRE EN BUSCA DE CONOCIMIENTO, ALTEZA. NO CREO QUE HAYAN MALDECIDO AL FARAÓN.
LA VERDADERA MALDICIÓN DESCANSA EN NUESTRA INCAPACIDAD PARA AYUDARLO.
TENED FE, ALTEZA. EN LOS DIOSES, EN MÍ Y, SOBRE TODO...
... EN LA FUERZA DEL FARAÓN.
GRACIAS POR SU AYUDA, PENTU. ESTOS DÍAS HAN SIDO DIFÍCILES, Y AGRADECEMOS MUCHO TENERLO CERCA.
SI ME LO PERMITÍS, ME GUSTARÍA OFRECER UNA ORACIÓN A AMÓN, REINA MÍA.
MUY BIEN, VISIR. QUE LOS DIOSES OIGAN SUS PALABRAS Y RESPONDAN CON ACCIONES.

¿VISIR?
¿ALGÚN PROBLEMA, GENERAL?
ESPERO QUE NO HAYA VENIDO SÓLO PARA OFRECERLE OTRO REGALO INÚTIL AL FARAÓN.
ME TEMO QUE EL CUERPO DEL JOVEN YA NO TIENE MÁS ESPACIO PARA ABRIGAR TANTAS BARATIJAS.
YO... SÓLO QUIERO SABER COMO ESTÁ EL FARAÓN.

¿Y POR QUÉ ESTARÍA INTERESADO, GENERAL? ¿NO HA HECHO SUFICIENTE DAÑO?
¿QUÉ QUIERE DECIR?
LLEVÁNDOLO A CAMPAÑAS, ENTRENÁNDOLO PARA EL COMBATE... CONOCE MUY BIEN LAS LIMITACIONES DEL JOVEN FARAÓN. AUN ASÍ, SIGUE INCENTIVANDO SUS DEVANEOS. ÉL PUEDE HABER CONQUISTADO UN POCO MÁS DE LA SIMPATÍA DEL PUEBLO, PERO LO QUE HACEN ES IMPRUDENTE.
MI MISIÓN ES SERVIR AL FARAÓN, VISIR AY.
SI NO ESTUVIERA TAN OCUPADO ADULANDO A OTROS NOBLES, HABRÍA VISTO AL JOVEN EN KUSH.
Y TAMBIÉN CONTRA LOS NAHARÍN.
ÉL LUCHA CON LOS MEDIOS QUE TIENE...
... Y ES UN HONOR ESTAR A SU LADO EN EL CAMPO DE BATALLA.
LOS ELOGIOS REALMENTE SON UN ARMA PODEROSA CONTRA LOS INSEGUROS. AHORA VEO POR QUÉ EL FARAÓN LO QUIERE TANTO. PERO DEBO ADVERTIRLE...
... CUIDADO POR DONDE SE METE, GENERAL. USTED NO ES MÁS QUE UN PLEBEYO. NO PIENSE QUE PUEDE SABER LO QUE SUCEDE EN EL CORAZÓN DE UN FARAÓN.

¡TUT!
¿CÓMO TE SIENTES?
VOY A... ESTAR BIEN.

GRACIAS POR... HABER ESTADO A MI LADO. TODO ESTE TIEMPO.
SOY TU REINA, TUT. Y TAMBIÉN TU FAMILIA.
ANJE, YO...
... LO SIENTO MUCHO. SÉ QUE ESTUVE AUSENTE POR MUCHO TIEMPO, Y CUANDO MÁS ME NECESITASTE. PASÉ TANTO TIEMPO INTENTANDO DEMOSTRAR A LOS OTROS QUIÉN SOY QUE DEJÉ DE CUIDAR A QUIEN SIEMPRE ESTUVO CONMIGO. A TI, ANJE.
NO ALCANZO A IMAGINARME LA PRESIÓN QUE HAS SENTIDO TODO ESTE TIEMPO. PERO QUIERO QUE ME CUENTES.
A VECES... SIENTO QUE NO VOY A RESISTIR.
TENGO QUE SER FUERTE POR MÍ, POR TI, PERO...
... ESTOY CANSADA DE QUE ME JUZGUEN TODO EL TIEMPO, TUT.
DOS HIJAS MORTINATAS... ES LO ÚNICO QUE LOS DIOSES ME CONCEDIERON. QUE LE CONCEDIERON A NUESTRO LINAJE.
CUANDO NO ESTOY A TU LADO... LA FORMA EN QUE ESOS SACERDOTES Y NOBLES ME MIRAN ES COMO SI... COMO SI YO NO TUVIERA VALOR. O NI SIQUIERA EXISTIERA.
ESCUCHA, ANJE. TÚ ERES MI MAYOR RAZÓN PARA SER FARAÓN. PARA HABER GANADO CUALQUIER RESPETO.
TÚ SIEMPRE ME HAS DADO FUERZAS. HAS CREÍDO EN MÍ. TE AMO, ANJE.
VEO A NUESTRO DIOS... VEO AL SOL EN TI.
LEJOS DE AQUÍ SÓLO HAY OSCURIDAD, ANJE. TE NECESITO.

"AHORA Y SIEMPRE"
¿MAJESTAD?
¡ME ALEGRA MUCHO VEROS BIEN NUEVAMENTE!
GRACIAS, GENERAL. POR TODO LO QUE HICIERON DURANTE MI AUSENCIA.
ACABAN DE INFORMARME DE SU IDA A HATTUSA.
EL REY SUPPILULIUMA NO HA PAGADO LOS TRIBUTOS ESPERADOS.
DEBEMOS REAFIRMAR NUESTRA PRESENCIA.
CONFÍO EN USTED, HOREMHEB.
SÉ QUE VOLVERÁN TRIUNFANTES DE LA MISIÓN.
¿NO NOS ACOMPAÑARÁ, MAJESTAD?
ESTA VEZ, NO.
PERO TENGO ALGO IMPORTANTE QUE PROPONERLE, HOREMHEB. MIENTRAS ESTUVE ENFERMO, YO...

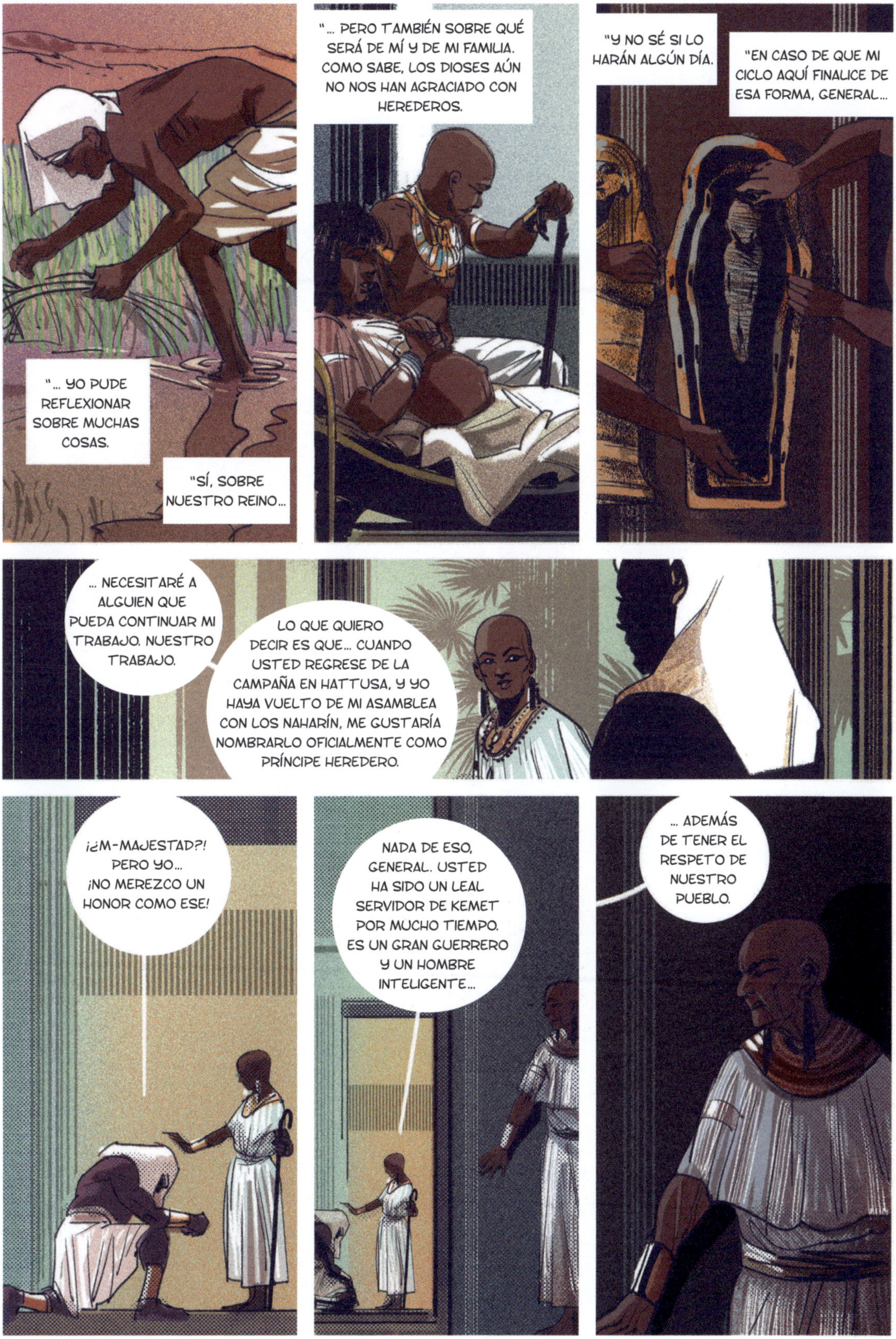
"... YO PUDE REFLEXIONAR SOBRE MUCHAS COSAS.
"SÍ, SOBRE NUESTRO REINO...
"... PERO TAMBIÉN SOBRE QUÉ SERÁ DE MÍ Y DE MI FAMILIA. COMO SABE, LOS DIOSES AÚN NO NOS HAN AGRACIADO CON HEREDEROS.
"Y NO SÉ SI LO HARÁN ALGÚN DÍA.
"EN CASO DE QUE MI CICLO AQUÍ FINALICE DE ESA FORMA, GENERAL...
... NECESITARÉ A ALGUIEN QUE PUEDA CONTINUAR MI TRABAJO. NUESTRO TRABAJO.
LO QUE QUIERO DECIR ES QUE... CUANDO USTED REGRESE DE LA CAMPAÑA EN HATTUSA, Y YO HAYA VUELTO DE MI ASAMBLEA CON LOS NAHARÍN, ME GUSTARÍA NOMBRARLO OFICIALMENTE COMO PRÍNCIPE HEREDERO.
¡¿M-MAJESTAD?! PERO YO... ¡NO MEREZCO UN HONOR COMO ESE!
NADA DE ESO, GENERAL. USTED HA SIDO UN LEAL SERVIDOR DE KEMET POR MUCHO TIEMPO. ES UN GRAN GUERRERO Y UN HOMBRE INTELIGENTE...
... ADEMÁS DE TENER EL RESPETO DE NUESTRO PUEBLO.

ESTOY SEGURO DE QUE EL ORDEN DIVINO ESTARÍA EQUILIBRADO EN SUS MANOS.
SERÍA...
SERÍA UN HONOR, MAJESTAD.
SÓLO ESPERO QUE ESE DÍA NUNCA LLEGUE.
¡LARGA VIDA A VUESTRA MAJESTAD Y A LA REINA! ¡QUE MUY PRONTO LOS DIOSES BENDIGAN VUESTRA FAMILIA CON HEREDEROS SALUDABLES!
QUE LOS DIOSES NOS BENDIGAN A TODOS, GENERAL.
"A TODOS".
"¿REALMENTE TIENES QUE IR, TUT? PENTU DIJO QUE TODAVÍA NO ESTÁS TOTALMENTE RECUPERADO".

SERÁ UNA CELEBRACIÓN DE PAZ, ANJE.
NUESTROS LAZOS CON LOS NAHARÍN SE HAN ESTRECHADO DESDE LA ÚLTIMA INCURSIÓN.
ADEMÁS...
... TAL VEZ ESTE SEA EL MOMENTO EN QUE ESTARÉ MÁS CERCA DE UN HEB SED. EL REINO ESTARÁ EN BUENAS MANOS EN MI AUSENCIA. TUS MANOS.
YO... TE ESTARÉ ESPERANDO, TUT.
VUELVE PRONTO.

"ALÉGRATE, OH, PUEBLO DE KEMET. EL DÍA DE HOY CELEBRAMOS UN PACTO IMPORTANTE.
"VENIMOS DE LEJOS PARA SELLAR NUESTRO PACTO CON EL HONORABLE REINO DE NAHARÍN. UN PACTO QUE TRAERÁ MÁS RIQUEZAS Y PROSPERIDAD PARA TODOS.
"PERO NO ES SÓLO ESO. YA HAN PASADO DIEZ INUNDACIONES DESDE QUE EL FARAÓN TUTANKAMÓN SE CONVIRTIÓ EN NUESTRO LÍDER. UNA ERA DE DESAFÍOS, CLARO, PERO TAMBIÉN DE RECONSTRUCCIÓN Y ORDEN. POR LO TANTO, HOY...
"NOS PERMITIMOS GOZAR DE UN PEQUEÑO JUBILEO. COMO LOS GRANDES FARAONES DE OTRORA, VAIS A RENOVAR VUESTRA FUERZA COMO REGENTE DE KEMET, MAJESTAD.
"EN ESTE PLANO MORTAL, ACEPTAMOS HUMILDEMENTE NUESTRA FALTA DE CONTROL SOBRE CÓMO SE RIGE EL DON DE LA VIDA. EL TIEMPO PROYECTA SU SOMBRA SOBRE TODOS NOSOTROS...
"... Y NUESTRA PRECIADA JUVENTUD, OTRORA UNA GRAN ALIADA, INTENTA ESCAPAR PARA SIEMPRE DE NOSOTROS.

"¡PERO HOY NO!
"EL DÍA DE HOY, EL FARAÓN PERSIGUE A LA VITALIDAD QUE AMENAZA CON DEJARLO.
"HOY, ENCONTRÁIS VUESTRA FUERZA Y VIGOR, MAJESTAD, Y NOSOTROS...
"NOSOTROS SEREMOS TESTIGOS DE VUESTRA PROEZA TERRENA, ASÍ COMO DE VUESTRA FUERZA DIVINA COMO REPRESENTANTE DE LOS DIOSES.
"AQUEL QUE PERSONIFICA A HORUS Y SE OPONE A SET. AQUEL QUE ES BENDECIDO POR HATHOR Y AMADO POR ISIS. AQUEL QUE TIENE LA GRACIA DE AMÓN.
"ASCENDED, OH, GRAN LÍDER...
"OH, GRAN GUERRERO...
"... NUESTRO DIOS EN LA TIERRA...

"... ¡EL FARAÓN
DE KEMET!"

"UN CUERPO QUEBRADO...
"... UN ALMA DIVIDIDA...
"... Y UN CORAZÓN IRREMEDIABLEMENTE DAÑADO".

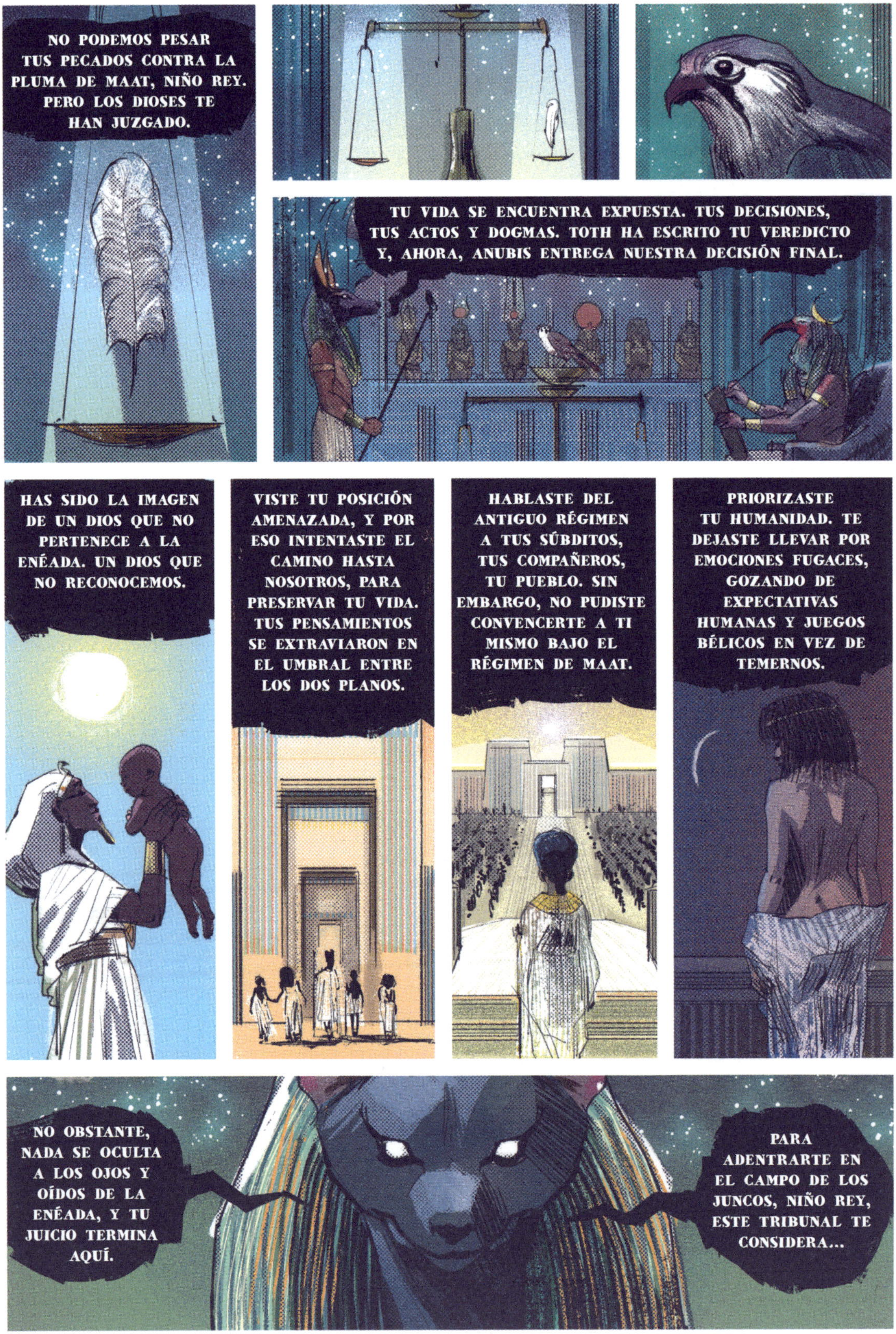
NO PODEMOS PESAR TUS PECADOS CONTRA LA PLUMA DE MAAT, NIÑO REY. PERO LOS DIOSES TE HAN JUZGADO.
TU VIDA SE ENCUENTRA EXPUESTA. TUS DECISIONES, TUS ACTOS Y DOGMAS. TOTH HA ESCRITO TU VEREDICTO Y, AHORA, ANUBIS ENTREGA NUESTRA DECISIÓN FINAL.
HAS SIDO LA IMAGEN DE UN DIOS QUE NO PERTENECE A LA ENÉADA. UN DIOS QUE NO RECONOCEMOS.
VISTE TU POSICIÓN AMENAZADA, Y POR ESO INTENTASTE EL CAMINO HASTA NOSOTROS, PARA PRESERVAR TU VIDA. TUS PENSAMIENTOS SE EXTRAVIARON EN EL UMBRAL ENTRE LOS DOS PLANOS.
HABLASTE DEL ANTIGUO RÉGIMEN A TUS SÚBDITOS, TUS COMPAÑEROS, TU PUEBLO. SIN EMBARGO, NO PUDISTE CONVENCERTE A TI MISMO BAJO EL RÉGIMEN DE MAAT.
PRIORIZASTE TU HUMANIDAD. TE DEJASTE LLEVAR POR EMOCIONES FUGACES, GOZANDO DE EXPECTATIVAS HUMANAS Y JUEGOS BÉLICOS EN VEZ DE TEMERNOS.
NO OBSTANTE, NADA SE OCULTA A LOS OJOS Y OÍDOS DE LA ENÉADA, Y TU JUICIO TERMINA AQUÍ.
PARA ADENTRARTE EN EL CAMPO DE LOS JUNCOS, NIÑO REY, ESTE TRIBUNAL TE CONSIDERA...

... ¡INDIGNO!
DE AQUÍ EN ADELANTE ESTÁS CONDENADO A QUE CADA FRAGMENTO DE TU ALMA SEA LANZADO DE VUELTA AL VACÍO.
Y AMMUT, LA DEVORADORA DE LOS MUERTOS, ¡CUMPLIRÁ TU SENTENCIA ANTE LA CORTE DE LA ETERNIDAD!

¡PRONUNCIA TUS ÚLTIMAS PALABRAS, FARAÓN!
¿ELIGES LUCHAR, NIÑO REY?
¡ENTONCES MUÉSTRANOS SI ES CORAJE LO QUE LOS MORTALES DEMUESTRAN...
... O SÓLO ESTUPIDEZ!
NHAC

ROARRRRRR
¡HUMANO INSOLENTE!
OSAS DESAFIAR A LOS DIOSES, PERO ESTÁS CONDENADO, MORTAL.
NINGÚN ARMA TERRENA...
SERÁ JAMÁS CAPAZ DE HERIR A UN...

TUM
YO SOY TUTANKAMÓN, LA IMAGEN VIVA DE AMÓN. Y TAMBIÉN TUTANKATÓN, LA IMAGEN VIVA DE ATÓN.
SOY HIJO DEL FARAÓN AKENATÓN, HIJO DEL FARAÓN AMENOFIS. NO CAMINO POR SENDA ALGUNA DIFERENTE DE LAS QUE ME HAN SIDO DADAS, OH GRANDES DIOSES.
SI ME JUZGAN INDIGNO DE ENTRAR EN AARU, CONTINUARÉ PROBANDO MI VALOR AQUÍ Y AHORA, CUANTAS VECES SEA NECESARIO.
¡ESTÚPIDO MORTAL! RECIBISTE EL VEREDICTO DE LA ENÉADA, Y AÚN OSAS DESAFIAR A TU DESTINO.
LOS DIOSES NO TE ACEPTAN.
¡LEVÁNTATE, AMMUT! ¡LEVÁNTATE Y...
¡BASTA, ANUBIS!

HAS EMITIDO TU JUICIO. LE HAS DADO TU SENTENCIA AL FARAÓN.
OSIRIS, MI REY...
EL DESTINO DEL NIÑO ESTÁ EN MIS MANOS AHORA...
... Y QUE TODOS LOS DIOSES ME ESCUCHEN CON ATENCIÓN.
NIÑO REY, TU VIDA HA SIDO JUZGADA POR NUESTRA MIRADA DIVINA. UNA VIDA REPLETA DE DUDAS, INSEGURIDADES Y CREENCIAS.
DEPOSITASTE TU FE EN TU FAMILIA, EN DIOSES EN CONFLICTO Y EN TU PROPIA HUMANIDAD. POR TANTO, ERES INDIGNO DE ENTRAR EN AARU.
SIN EMBARGO, DESAFIASTE Y VENCISTE TUS ATADURAS, TANTO AQUÍ COMO EN LA TIERRA. ERES VALIENTE, FARAÓN. MUY VALIENTE.
AARU ABRIGA A LAS ALMAS MÁS EQUILIBRADAS DE KEMET.
ALMAS QUE VIVIERON BAJO EL ORDEN DE MAAT Y CUMPLIERON SU DEBER EN LA TIERRA DE LOS VIVOS.

COMO ALGUIEN CUYO REINADO ANDUVO POR CAMINOS CONTRADICTORIOS, TÚ NO PUEDES RECIBIR ESE DON. PERO...
... A PESAR DE TUS DESAFÍOS, MOSTRASTE DETERMINACIÓN EN TU REINADO DE KEMET. Y ESO NO PUEDE SER IGNORADO POR LOS DIOSES.

POR LO TANTO, A TI, NIÑO REY, OSIRIS TE CONCEDE UNA DÁDIVA DIFERENTE.
NO ENTRARÁS AL CAMPO DE LOS JUNCOS...
... PERO SERÁS INMORTAL AL LEGADO DE TU ESPECIE.
AQUÍ, HIJO MÍO.
ANKE SE NOS UNIRÁ PRONTO.

TU TESORO, TU CUERPO, TU NOMBRE...
... SERÁN PROTEGIDOS DE MANOS HOSTILES Y PRESERVADOS CON SEGURIDAD DURANTE EL VIAJE DE LA HISTORIA DE LOS MORTALES. POSTERIORMENTE, CUANDO LLEGUE LA HORA...
TU LEGADO VIAJARÁ POR LOS REINOS MORTALES, NIÑO REY, Y TU HISTORIA PERMANECERÁ EN EL COSMOS HASTA EL FIN DE TODA LA VIDA...

... TU NOMBRE SERÁ PROCLAMADO UNA VEZ MÁS, ELEVADO A OTRO NIVEL. DESPUÉS DE MITO, SERÁS LEYENDA. DESPUÉS DE LEYENDA, SERÁS REAL OTRA VEZ. SERÁS HISTORIA.
... ESA ES LA VOLUNTAD DE OSIRIS, DE ISIS Y DE TODOS LOS DIOSES A NUESTRO SERVICIO, FARAÓN. Y ASÍ, ES HORA DE DESPEDIRNOS.

QUE LAS AGUAS PRIMORDIALES AHORA TE RECIBAN EN SUS BRAZOS...

... Y QUE ENCUENTRES EN EL ÉTER EL COBIJO QUE TANTO BUSCASTE.
HASTA EL DÍA EN QUE TU NOMBRE SEA SALUDADO DE NUEVO, FARAÓN.
HASTA ESE DÍA.

VALLE DE LOS REYES, LUXOR. 26 DE NOVIEMBRE DE 1922.
USTED SABE DE LAS PRESIONES QUE HE VENIDO RECIBIENDO, CARTER.
SI ESTE INDICIO NO NOS LLEVA A ALGO, NO PODRÉ SEGUIR FINANCIANDO LA EXCAVACIÓN.
HICIMOS GRANDES AVANCES LOS ÚLTIMOS DÍAS, LORD CARNARVON. CON SEGURIDAD ESTAMOS CERCA.
NUESTROS COLABORADORES EGIPCIOS DESCUBRIERON UN CAMINO QUE HA ESTADO ENTERRADO POR SIGLOS, SEÑOR.
ES COMO SI ALGO LO HUBIESE PROTEGIDO TODO ESTE TIEMPO.
ESO ESPERO, CARTER.
MI PROPIA FAMILIA ME HA TILDADO DE LOCO POR SEGUIR CREYENDO EN USTED Y EN ESTA EXPEDICIÓN. TODAVÍA ESTÁN MOLESTOS POR LA FORMA TAN APRESURADA EN QUE DEJÉ INGLATERRA.
Y YO AGRADEZCO SU CONFIANZA, SEÑOR. DE VERDAD SE LO AGRADEZCO.
ANOTE MIS PALABRAS: ESTE SERÁ EL DESCUBRIMIENTO DEL SIGLO.

ENTONCES MUÉSTREME LO QUE HAN ENCONTRADO, CARTER.
¿ESTÁ VIENDO EL SELLO REAL? DE ACUERDO CON NUESTROS ANÁLISIS, LA CÁMARA DE TUTANKAMÓN DEBE DE ESTAR DETRÁS DE ESTAS PUERTAS.
DEBEMOS PROCEDER CON CAUTELA.
TAC TAC TAC
¿ALCANZA A VER ALGO?
SÍ...

"... ES MARAVILLOSO".

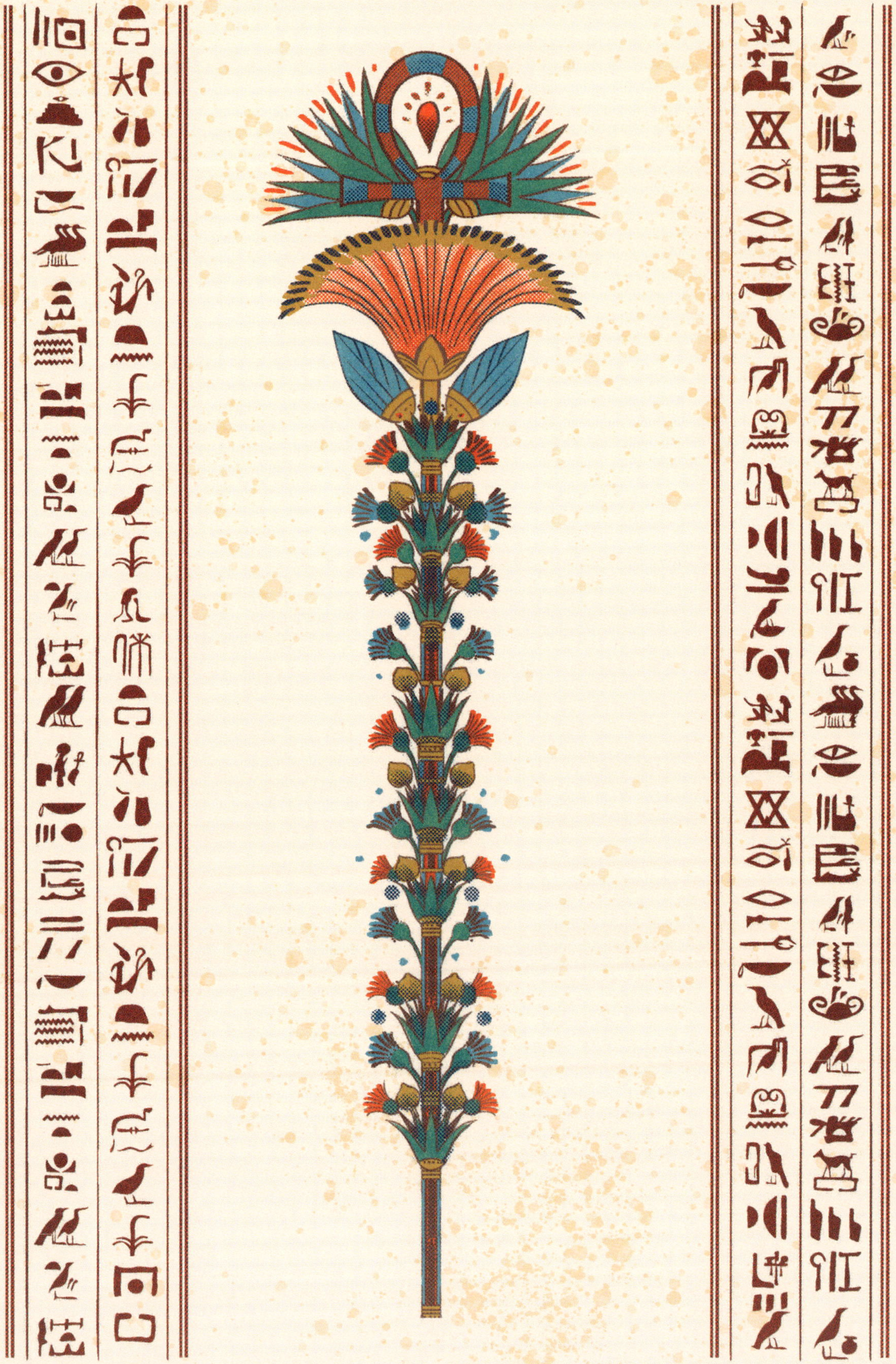

GLOSARIO

AARU: campo de juncos, asociado a la versión del paraíso en el Antiguo Egipto.

AKETATÓN: nombre antiguo de las ruinas hoy conocidas como Amarna.

ANUBIS: del egipcio Anpu, nombre griego del dios chacal.

BA: parte del alma asociada a la personalidad del individuo, representada en la forma de un pájaro.

ENÉADA: grupo de nueve divinidades egipcias compuesto por Atum, Shu, Tefnut, Geb, Nut, Osiris, Isis, Set y Neftis. En egipcio, era conocida como Psedet.

HATTUSA: antigua capital de los hititas, en la región central de Anatolia, hoy Turquía.

HEB SED: festival de celebración y renovación del poder faraónico, realizado cada treinta años.

HELIÓPOLIS: del egipcio Iunu, ciudad localizada en la región norte de Egipto.

HORUS: del egipcio Hor, el dios halcón.

IMENTET: nombre antiguo usado para la planicie de Guiza, cerca de El Cairo.

ISIS: del egipcio Ist, la esposa y reina de Osiris.

JONSU: nombre del dios asociado a la luna, llamado Khonsu por los griegos.

KA: parte del alma asociada a la esencia vital de una persona.

KEMET: término usado por los nativos para describir el propio reino del Antiguo Egipto.

KHOR: nombre dado por los egipcios a una región que estaba bajo su control al sur de Siria.

KUSH: antiguo y poderoso reino conocido posteriormente como Nubia.

MAAT: concepto de orden divino incorporado en la forma de una diosa, Maat.

MER: nombre usado por los egipcios para referirse a las pirámides.

NAHARIN: nombre usado por los egipcios para describir el reino de Mitani, en la región nordeste de Siria.

NAPATA: antigua capital del reino de Kush.

NEBKHEPERURE: prenombre de Tutankamón que significa Ra, Señor de las Manifestaciones.

OSIRIS: del egipcio Usir, dios de los muertos.

OSIRIS-TUTANKAMÓN: nombre recibido por Tutankamón en el más allá.

PTAH-SOKAR: unión entre el dios Ptah, el dios creador, con el dios Sokar, patrono de los artesanos, también asociado a la creación.

RA: dios tratado como la personificación del sol.

TA SHEMAU: antiguo reino del Alto Egipto, localizado al sur del Rio Nilo.

TA-SEKHET-MA'AT: forma con la que los egipcios se referían a la necrópolis hoy conocida como Valle de los Reyes.

UASET: nombre antiguo de Tebas, conocida hoy como Luxor.

NOTAS

Por Felipe Pan

CAPÍTULO 1

Página 9

Cada capítulo de nuestro libro es identificado por medio de jeroglíficos que representan los diversos nombres usados por el faraón Tutankamón. Aquí, tenemos su nombre de nacimiento, "Tutankatón".

Página 11

Abrimos nuestra historia con el despertar de Tutankatón/Tutankamón en el mundo de los muertos. Teniendo en cuenta la creencia de los egipcios de que el cuerpo del fallecido despertaría en el más allá, junto con las posesiones enterradas con él, Tutankamón ya tiene a su disposición algunos de los tesoros descubiertos en su cámara, en especial uno de sus bastones (fueron encontrados diversos bastones en su tumba) y la espada de su padre, que tiene un importante propósito en nuestra trama. Pero tal vez el detalle más relevante de toda la secuencia sea las palabras que acompañan el despertar del faraón, que vienen de una traducción libre de la oración (o hechizo) grabada en la parte de atrás de su máscara de oro, con el propósito de guiar al muerto en su travesía en el más allá.

La presencia del pájaro en el tercer panel también fue un detalle interesante agregado por Olavo, simbolizando el Ba de Tutankamón, o sea, la parte del alma generalmente asociada a la personalidad del individuo, que viajaba durante el día antes de unirse al cuerpo nuevamente en la noche. Aunque el Ba sea representado en el arte egipcio por un pájaro con el rostro de la propia persona, optamos por dejarlo sólo con el semblante de un halcón.

Páginas 12 y 13

En esta doble página, usamos como referencia la escena del juicio divino presente en el *Libro de los Muertos* para construir nuestra secuencia. Además de los dioses Anubis y Toth, podemos ver una balanza con la pluma de un avestruz. En el Antiguo Egipto, se creía que el juicio del fallecido consistía en pesar su corazón contra una pluma, ofrecida por la diosa Maat, personificación de lo que los egipcios consideraban como el orden divino. Un corazón puro sería más ligero que una pluma, permitiendo que el muerto entrara en Aaru, o Campo de Juncos, una versión del paraíso para los egipcios. Un corazón pesado significaría una acumulación de pecados en vida, lo que llevaba a la destrucción del alma por parte la diosa Ammut, representada por una quimera con rostro de cocodrilo y miembros de león e hipopótamo.

Páginas 16 y 17

Vemos aquí la secuencia donde Tutankatón/Tutankamón tiene cerca de 7 años. Conocemos también a tres de sus hermanas (o medias hermanas), todas hijas del faraón Akenatón: Ankesenamen, cuya presencia tiene más énfasis en nuestra historia debido a la relación amorosa que ella tendrá con Tutankamón; Meketatón, que lleva una peluca más larga y parece mayor; y Setepenra, la menor. Como en el Antiguo Egipto era una práctica recurrente que todos se rasurasen el pelo del cuerpo, incluyendo a las mujeres, el uso de pelucas era muy común. En esta obra, no obstante, evitamos la caracterización de Tutankamón con el aderezo para establecer una identidad visual más inmediata, aunque piezas de arte encontradas en su tumba lo muestren haciendo uso de pelucas.

Páginas 18 y 19

Para imaginar el palacio de la ciudad de Aketatón, recurrimos a referencias y reconstrucciones de diferentes arqueólogos y artistas. Por desgracia, actualmente Aketatón no es más que un conjunto de ruinas distribuidas a lo largo del área conocida como Amarna, pero debido a los increíbles esfuerzos de arqueólogos y egiptólogos durante los dos últimos siglos, diversos profesionales se encargaron de intentar mapear tanto la planeación de la ciudad como la estructura de las viviendas. Para una ampliación de los estudios y una visión más detallada de esos escenarios, sugerimos una visita a la página amarna3d.com, una fuente rica de informaciones y descubrimientos sobre el periodo del reinado del faraón Akenatón en su ciudad, Aketatón (también llamado Periodo Amarna).

Páginas 20 y 21

Ya en el primer panel, vemos la emblemática construcción presente en muchas de las piezas de arte recuperadas en Aketatón: el pórtico localizado en la calle principal de la ciudad, desde donde el faraón Akenatón y la reina Nefertiti (Neferneferuatón) saludaban al pueblo y le entregaban ofrendas a cambio de adoración. Por primera vez, podemos ver algunos de los rasgos del faraón Akenatón, quizás el faraón más controvertido del Antiguo Egipto, por haber llevado el reino a una ruptura religiosa impensable para la época: la adopción de un sólo dios, el disco solar, Atón, como figura divina. Incluso hoy en día, existe un intenso debate entre los historiadores en cuanto a si el gobierno de Akenatón fue el primer reino monoteísta de la historia.

Aunque la evidencia arqueológica realmente indica la reverencia exclusiva de Akenatón a un sólo dios, Atón, algunos ídolos que representaban a otros dioses fuera de su capital también datan del reinado del faraón. Al mismo tiempo, la persecución casi obsesiva de Akenatón contra el dios Amón, considerado como el más importante de los dioses durante la Dinastía XVIII, nos impide afirmar con absoluta certeza si la revolución de Akenatón estaba dirigida únicamente contra el dios Amón o contra todos los dioses. La oración presente en la página 21 es una traducción adaptada de la que presenta el egiptólogo Aidan Dodson en su libro *Amarna Sunrise*. Grabada en piedras conocidas como "estelas" alrededor de la ciudad de Aketatón, la oración generalmente se atribuye al propio faraón Akenatón.

Páginas 22 y 23

En esta doble página, tenemos una visión privilegiada de lo que sería el Gran Templo de Atón, tal vez el más amplio espacio de adoración al dios Atón en toda la ciudad de Aketatón. Aprovechando una estructura arquitectónica muy utilizada en el Antiguo Egipto, los pilonos, se especula que el Gran Templo de Atón proporcionaba una experiencia inmersiva de adoración al disco solar, ya que, sobre el altar principal, las secuencias de pilonos posibilitarían una visión privilegiada del nacimiento del sol, o sea, del nacimiento de Atón.

Página 24

En el segundo panel, vemos un elemento que puede haber sido fundamental para la decisión del faraón Akenatón con respecto al lugar de construcción de su ciudad. Diversos egiptólogos han observado que, justamente en esa área, formaciones rocosas localizadas al este del Nilo ofrecen una visión perfecta del nacimiento del sol por una hendidura entre las montañas. El hecho de que las ruinas de los templos de Aketatón estén en dirección a esas formaciones parece corroborar la idea de que, en su búsqueda por el lugar ideal para fundar su nueva ciudad, Akenatón habría escogido un punto con una visión privilegiada del inicio del trayecto de Atón durante el día.

Página 25

Además de ofrecer diferentes perspectivas de la ciudad de Aketatón, aquí vemos algunos quehaceres diarios del pueblo egipcio. Además de la utilización del Río Nilo como importante medio de transporte, la fuerza operaria de construcción en Aketatón puede describirse como nada menos que homérica: la ciudad entera fue construida y, posteriormente, abandonada, en un espacio de tan sólo dieciséis años. Podemos ver también la figura de un sacerdote, que se distingue por estar ataviado con una piel de leopardo. Un importante detalle en esta página, sin embargo, está en su quinto panel, donde vemos al dios Amón. Aquí, Akenatón describe la presencia divina como negligente y oculta, lo que merece una mirada especial, pues el epíteto atribuido al dios Amón era justamente "El Oculto". Así, era tratado como una presencia invisible, pero esencial para el pueblo egipcio, al contrario de lo que pensaba Akenatón.

Página 26

El primer panel de la página puede causar extrañamiento, pero hay una razón por detrás. Aquí, la relectura perfecta hecha por Olavo retrata muy bien el estilo artístico típico del periodo del reinado de Akenatón, que hoy se conoce como estilo Amarna. Además de una revolución religiosa, la ruptura artística promovida por el faraón defendía proporciones menos idealizadas del cuerpo humano, con barrigas salientes y cráneos alargados, tal vez a imagen del propio faraón Akenatón. En el arte del periodo, también era común retratar a Akenatón al lado de la reina Nefertiti/Neferneferuatón, junto con sus hijas, en representaciones casi idílicas de la vida real. Otra característica común era la presencia del disco solar, Atón, del cual descendían manos divinas en forma de rayos que rodeaban a la familia real para entregarle el símbolo conocido como Anj, cuyo significado es "vida".

Mientras el segundo panel trae la imagen de un pájaro, encontrada en las ruinas de Akenatón, el tercer y cuarto paneles nos revelan un importante elemento de la historia. Por ser apenas el segundo hijo hombre del poderoso faraón Amenofis III (Amenhotep III, según la tradición egipcia), Akenatón, cuyo nombre de nacimiento es el mismo del padre, era una figura oscura y ausente de los registros faraónicos del periodo en cuestión. Tras la muerte precoz de su hermano mayor Thutmose (Tutmosis), entre tanto, el joven Amenofis rápidamente fue alzado al puesto de corregente para que, con la muerte del padre, sólo él asumiera el trono. Se cree que su cambio de nombre por Akenatón haya ocurrido en su quinto o sexto año como faraón, periodo en que se habría iniciado la construcción de Aketatón, lo que indicaría el cambio en el plan religioso de Egipto como un todo. Así como Amenofis se cambió el nombre por Akenatón, su famosa esposa, la reina Nefertiti, también incluyó Atón en su nombre, y empezó a ser llamada Neferneferuatón.

Página 27

Una figura importante, que suele pasar inadvertida, es mencionada en el segundo panel de esta página. Se sabe muy poco sobre el hombre (o mujer) llamado Semenejkara, además de que su nombre figuraba como corregente de Akenatón en el periodo más tardío de su reinado. Durante décadas, los historiadores han debatido acerca de su posible identidad: hermano menor de Akenatón, hijo mayor de Akenatón, o incluso marido de la hija mayor del faraón, Meritatón. En esta búsqueda de la verdad, no podemos descartar otra posibilidad: la de que Semenejkara haya sido, en realidad, el verdadero padre de Tutankamón, como veremos en las páginas siguientes.

Páginas 28 y 29

Aquí ilustramos uno de los principales símbolos de la cultura del Antiguo Egipto, el ritual de la momificación, tomando como base el proceso adoptado por el profesor norteamericano Robert Brier en su increíble recreación de cada etapa del procedimiento. Entre ellas, la retirada del cerebro por medio de un gancho tal vez sea la que más captura la imaginación contemporánea. Y no es de sorprender, pues era necesario que el objeto se introdujera con mucho cuidado hasta que pudiera desmembrar el cerebro lo suficiente para que el órgano se escurriera por las fosas nasales del fallecido, y así evitar su putrefacción. La retirada de órganos a través de un sólo corte en la región abdominal era igualmente importante, así como su almacenamiento en vasos canopes —con excepción del corazón, que debía permanecer en el cuerpo para que el fallecido pudiera ser juzgado por los dioses en el más allá. En estas páginas también ilustramos el uso de sales para la absorción de la humedad del cuerpo, proceso de tomaba cerca de setenta días. Posteriormente, ilustramos el uso de aceites para la preservación de la piel, seguido del vendaje del fallecido. Como ya fue mencionado, la preservación del cuerpo tenía un papel fundamental en la creencia de la vida después de la muerte de los egipcios, ya que ellos creían que despertarían con ese mismo cuerpo en el más allá.

Páginas 30 y 32

Basado en el sarcófago encontrado en la tumba 55 del Valle de los Reyes, el ataúd ilustrado aquí está lejos de inspirar unanimidad entre historiadores y egiptólogos. Aunque la identidad de la momia encontrada en la tumba 62 del Valle de los Reyes es, sin duda alguna, la de Tutankamón, no se puede decir lo mismo de la misteriosa momia encontrada en la tumba 55, excavada por el arqueólogo Edward Ayrton en 1907, en un proceso hasta hoy considerado como cuestionable (el hecho de que la inscripción con el nombre del propietario del sarcófago haya sido violada muchos siglos antes hace aún más difícil la identificación exacta de la momia encontrada en él). Lo que se sabe a ciencia cierta, gracias a pruebas de ADN, es que la momia ahí presente es realmente la del padre de Tutankamón e hijo de Amenofis III. Historiadores como Nicholas Reeves, una de las principales fuentes de investigación de este libro, sugieren que el sarcófago habría sido dañado por otros faraones al saber que se trataba del cuerpo del faraón hereje Akenatón. Para entender cómo habría ocurrido eso, vale recordar que las tumbas de los faraones en el Valle de los Reyes eran excavadas, en vez de erguidas, antes de ser completamente selladas. Siendo así, al excavar localizaciones promisoras, no era raro que sirvientes de diferentes faraones terminaran encontrando, por accidente, otras tumbas por el camino, lo que podría haber ocurrido con la tumba de Akenatón (es importante resaltar que su lugar de descanso original habría sido Aketatón, pero, por miedo de que la tumba fuera vandalizada con el abandono de la ciudad, Nefertiti o Tutankamón habrían transportado el ataúd al Valle de los Reyes, en Tebas). En oposición a la visión de Nicholas Reeves, sin embargo, hay estudiosos que cuestionan el resultado de la datación de carbono de la momia 55. Inicialmente asociada a un hombre de cerca de 35 años, estudios más recientes trabajan con la hipótesis de que la momia en cuestión podría tener un poco más de 20 años, lo que haría imposible que se tratara de Akenatón. En esa línea, el nombre del misterioso Semenejkara empezó a ganar atención. Con los datos concretos que tenemos hasta ahora, sin embargo, la identidad de la momia 55 aún no puede ser comprobada con exactitud, aunque la hipótesis de que se trata de Akenatón siga siendo la más aceptada.

Página 33

Algunos análisis de las propiedades del metal de una de las espadas encontradas en la tumba de Tutankamón llamaron la atención sobre un dato interesante: el hecho de que la lámina habría sido forjada con un tipo de metal inexistente en todo Egipto —o incluso en el planeta Tierra. Como resaltó el egiptólogo Chris Naunton, autor del prefacio de este libro, en su documental "King Tut's Treasure", el arma posee orígenes posiblemente venidos de un asteroide. Naturalmente, esta posibilidad abrió una puerta narrativa demasiado tentadora para ser ignorada, y sus ramificaciones pueden ser vistas en las páginas finales de este libro.

Página 34

Aquí vemos la coronación de la reina Nefertiti/Neferneferuatón como faraona de Egipto. La verdadera cadena de acontecimientos que sucedió a la muerte de Akenatón, sin embargo, continúa siendo materia de muchos debates. Evidencias arqueológicas sugieren que, en sus últimos años de reinado, Akenatón habría adoptado otra persona como corregente —una figura misteriosa de nombre Neferneferuatón. Dada la frecuencia con que la reina Nefertiti, cuyo nombre personal se transformó en Neferneferuatón, aparecía en las artes del periodo Amarna, es posible deducir que la faraona Neferneferuatón era, en efecto, la reina Nefertiti alzada al puesto. No obstante, también es importante recordar que una de las hijas de Akenatón y Nefertiti se llamaba Neferneferuatón, lo que aumenta el grado de dificultad en la determinación de la identidad de la faraona en cuestión. Para efectos narrativos, optamos por seguir con la hipótesis más considerada por historiadores y colocar a Nefertiti en el puesto de faraona.

CAPÍTULO 2

Página 37

A pesar de recibir el mismo título del primer capítulo (Tutankatón, nombre de nacimiento del faraón Tutankamón), aquí los jeroglíficos están delineados por un contorno conocido como "cartucho", elemento que siempre se usa para resaltar el nombre de regentes y miembros de la familia real en registros escritos.

Página 42

La idea de representar a Tutankamón como un joven con dificultades motoras no es exactamente una novedad. Aunque no sean concluyentes, estudios de la momia del faraón encontraron indicios de que el joven podría haber tenido un pie deforme, lo que habría perjudicado bastante su locomoción. Además, fueron señalados otros problemas congénitos que, aún hoy, son atribuidos a la propia imagen de Tutankamón, ya que, entre los faraones, era común la práctica de contraer matrimonio con sus hermanas o hermanas medias para mantener la hegemonía de su dinastía.

Página 43

En el cuarto panel de esta página, vemos a la faraona Neferneferuatón dirigirse a Tutankatón/Tutankamón por primera vez. La escena puede parecer común, pero por detrás de los nombres de tratamiento utilizados aquí hay una gran cantidad de discusión. Algunos egiptólogos, como el ya mencionado Aidan Dodson, defienden la tesis de que Tutankamón sería hijo de Akenatón y Nefertiti, pero muchos investigadores creen que el joven sería hijo de Akenatón y de una de sus esposas menores. Entre ellas, la principal candidata es una mujer de nombre Kiya, cuya presencia era común en piezas artísticas del periodo de Amarna hasta que, sin explicaciones, perdiese la gracia de la familia real. De modo intencional, dejamos la relación entre Tutankamón y Nefertiti levemente ambigua, aunque propensa a ser tratada como madrastra del joven con el desarrollo de nuestra historia. En esta página también conocemos a visir Ay, consejero real de Akenatón, Nefertiti y también Tutankamón. Diversos historiadores sostienen la hipótesis de que Ay fuese el padre de Nefertiti y, de esa forma, un posible candidato a abuelo materno de Tutankamón. Lo que se sabe a ciencia cierta es que el visir era una persona de edad avanzada tanto en el periodo de Amarna como en el reinado de Tutankamón.

Páginas 46 y 47

Naturalmente, el contenido de la conversación narrada en estas páginas es sólo una suposición; la idea de que los jóvenes tendrían una forma de espiar conversaciones importantes, completamente un invento nuestro. No obstante, la escena tiene el propósito de presentar otro importante personaje del reinado de Tutankamón: el general Horemheb. Su nombre aparece prominentemente durante el reinado del joven faraón, recibiendo títulos como consejero del rey y líder de las tropas del reino. Sus orígenes, sin embargo, aún son un misterio, aunque se acepte ampliamente la hipótesis de que Horemheb tuviese origen plebeyo.

Página 50

Las palabras del Alto Sacerdote de Amón señalan una de las principales características del Antiguo Egipto: la inmutabilidad como pilar y fuente del orden del reino. Para el observador contemporáneo, la mayor prueba de esa creencia puede ser observada, principalmente, en el arte y en la arquitectura egipcias que sobrevivieron a lo largo de los siglos. Sin mucho esfuerzo, podemos notar una preocupación muy clara por preservar estilos, formas y composiciones en las obras de arte que resistieron a la prueba del tiempo —salvo, claro, por el periodo de Akenatón, cuya ruptura no sólo religiosa sino también artística ya fue tratada aquí. No es nada descabellado, entonces, pensar en la sociedad del Antiguo Egipto como un lugar donde la creatividad y la innovación eran vistas con altas dosis de duda, llegando a ser inclusive consideradas elementos peligrosos para el concepto de orden divino, que era tan importante para ellos.

Página 53

A pesar de sus posibles dificultades motoras, diversas piezas artísticas del reinado de Tutankamón muestran al faraón sobre su cuadriga, con el arco y la flecha en manos y listo para la batalla. Naturalmente, es muy difícil determinar si las ilustraciones sirvieron como registros históricos o meros deseos de cómo a un faraón le gustaría que su imagen fuera preservada, pero esto nos facilitó un excelente recurso para la construcción del personaje: el hecho de que Tutankamón estuviese en constante conflicto entre sus dificultades físicas y la sed de probar su valor.

Página 58

El ejercicio de imaginar la ciudad de Uaset (Luxor) resultó ser una tarea bastante difícil durante el desarrollo del proyecto. Mucho de lo que vemos actualmente en el lugar es legado de una dinastía a la cual pertenece Ramsés II, la Dinastía XIX, que asumió el trono de Egipto inmediatamente después del final de la dinastía a la cual Tutankamón perteneció. Siendo así, procuramos atenernos a lugares comprobadamente edificados antes o durante el reinado de Tutankamón. En esta página, vemos las estatuas hoy conocidas como Colosos de Memnon erguidas por Amenofis III, abuelo de Tutankamón, en representación de sí mismo, para proteger su propio templo funerario.

CAPÍTULO 3

Página 61

El tercer capítulo es introducido por los jeroglíficos que describen el nombre Tutankamón, asociados a su epíteto de gobernante de On, en el Alto Egipto.

Página 64

La conversación entre Tutankamón y su tutor tiene el propósito de resaltar la importancia de las grandes construcciones como marcos imprescindibles del poder faraónico. En el tercer panel, hacemos referencia a un importante legado: el de que hubiese sido justamente la Dinastía XVIII, la misma de Tutankamón, la que habría empezado a poblar la región al oeste de Luxor con tumbas reales, creando la necrópolis conocida como Valle de los Reyes. Además de esto, en el cuarto panel de la página, vemos el Templo de Hatchepsut, cuya imponencia se puede apreciar hasta los días de hoy. Las palabras misteriosas del mentor de Tutankamón tienen una carga de estigma muy factible en cualquier mención a la faraona en aquel tiempo; actitud generada por el hecho de que Hatchepsut fue una faraona mujer, y corroborada por evidencias arqueológicas en las que el nombre de Hatshepsut fue damnificado o removido en un intento de borrarla de la historia, así como ocurrió con Akenatón o incluso con Tutankamón posteriormente.

Página 65

En los paneles 2, 3 y 4 podemos ver lo que algunos historiadores y egiptólogos consideran como la progresión de los intentos hechos por el faraón Seneferu (Soris, para los griegos), en su empeño por levantar la mayor tumba alguna vez construida para un faraón. En el panel 2, vemos la Pirámide de Meidum, considerada su primer proyecto. En el panel 3, la Pirámide de Dashur, considerada su segundo proyecto, y, aunque su parte superior se haya venido abajo parcialmente, es más que notable el progreso de Seneferu entre las dos construcciones. Finalmente, en el panel 4, vemos la Pirámide Roja, también en Dashur, que, de hecho, se convirtió en la tumba del faraón Seneferu al ser finalizada con éxito. Posteriormente, el hijo de Seneferu, Keops, seguiría el legado de su padre con su propia pirámide, así como su primogénito, Khafre (Jefrén), creando así el complejo de Giza (Guiza) y estableciendo la Dinastía IV como una de las más importantes de toda la historia del Antiguo Egipto. Egiptólogos como Robert Brier señalan una progresión interesante que puede explicar el motivo por detrás del formato de las construcciones. En primer lugar, antes de la unificación de los reinos del Alto y Bajo Egipto, se cree que las tumbas reales eran subterráneas. Con el desplazamiento natural de la arena, no obstante, esas tumbas quedaban desprotegidas, expuestas a ataques de saqueadores e incluso de animales carroñeros como los chacales (tal vez por esta razón Anubis, un dios relacionado con los muertos, tenga cabeza de chacal). Siendo así, al inicio de la era dinástica del Egipto unificado, se desarrolló la construcción de cámaras funerarias trapezoidales, conocidas como mastabas. En manos del ambicioso faraón Djoser, en la Dinastía III, el proyecto empezó a contemplar una secuencia de mastabas apiladas, lo que resultó en la construcción de lo que hoy conocemos como la Pirámide de Saqqara, cuya apariencia recuerda enormes escalones, pero cuya semejanza con lo que identificamos como pirámides aún es increíblemente fuerte.

Páginas 66 y 67

Así como las demás construcciones presentes en nuestra obra, las Pirámides de Guiza también merecieron atención especial de nuestra parte. Teniendo en cuenta que, en el tiempo de Tutankamón, las pirámides ya tendrían más de un milenio de antigüedad, fue necesario imaginar qué tipo de desgaste podrían haber sufrido después de tantos siglos. Como los arqueólogos señalan que las pirámides originalmente estaban revestidas por caliza blanca, intentamos preservar la coloración para distanciarnos de la versión color de arena que permea el imaginario contemporáneo. De igual forma, la cúspide, originalmente revestida en oro, mantiene su coloración dorada. Además de las imponentes pirámides de Keops, de su hijo Khafre y de su nieto Micerino, Guiza también cuenta con tres pirámides menores, levantadas para abrigar los cuerpos de dos de las esposas de Keops, las reinas Henutsen, Meritites, y su madre, Hetepheres.

Página 68

Erguida por el faraón Keops para reflejar su propia imagen, la Gran Esfinge aún captura el imaginario popular con su misteriosa mirada. Aquí, no sólo la vemos con su nariz (probablemente damnificada por procesos de erosión), sino también con su barba postiza, símbolo característico utilizado por los faraones tanto hombres como mujeres. Al contrario de la nariz de la escultura, perdida con el tiempo, la barba todavía existe, y se encuentra en depósitos del British Museum, en Londres.

Página 75

Así como la identidad de la faraona Neferneferuatón nunca pudo comprobarse, su desaparición de la historia también continúa siendo un misterio. Imaginando el caldero de turbulencias causado por la revolución de Akenatón, no nos parece probable que la faraona, ya sea Nefertiti o su hija, haya gozado de un reinado pacífico. Teniendo en mente la contrarrevolución promovida en la época de Tutankamón, nos pareció que el asesinato de la faraona, aunque fuese una posibilidad jamás comprobada, podría ser el detonador y proporcionar la motivación necesaria para que Tutankamón revirtiese las costumbres establecidas por su padre.

Página 79

La presencia del halcón intercalando la secuencia de paneles fue una genialidad de Olavo, agregada para simbolizar el inicio del retorno de Tutankamón a los dioses de antaño. Entre ellos, el dios-halcón Horus, hijo de Osiris, era tan importante que, entre sus múltiples nombres, muchos faraones poseían el título llamado Nombre de Horus. Las palabras de Horemheb y Ay también incitan a un regreso a las antiguas costumbres de Egipto, y la práctica de contraer matrimonio con hermanas y medias hermanas también se retoma aquí. En el caso de Tutankamón, la elegida fue su media hermana Ankesenamen, que después recibió el nombre Anjesenamón, como esperamos haber dejado claro a partir de esa altura de la obra.

Páginas 80 y 81

En esta doble página vemos el corazón de Tutankamón, ahora con su nuevo nombre y el prenombre Nebkheperure, que significa Ra, Señor de las Manifestaciones. Es importante resaltar que el pueblo solía referirse al faraón por su prenombre, o nombre de la realeza, lo que hace más factible la hipótesis de que, por lo menos entre los plebeyos, Tutankamón fuese más conocido como Nebkheperure.

CAPÍTULO 4

Página 85

El cuarto capítulo es introducido por la repetición de los jeroglíficos que componen el nombre de Tutankamón, pero ahora aliados a otro cartucho, con el nombre Nebkheperure, su nombre de faraón para el pueblo.

Página 92

La conversación que Tutankamón y Anjesenamón oyen aquí se refiere a uno de los principales motivos que explican la prosperidad de Egipto en la Antigüedad: la crecida del Río Nilo. Todos los años, en periodos entre junio y septiembre, las márgenes del río se desbordaban, con lo cual los minerales presentes en el agua irrigaban y nutrían las plantaciones con propiedades que hacían las zafras muy abundantes. Al tener capacidad para alimentar tantos habitantes, la prosperidad de Egipto empezó a ser notoria, así como su poder bélico, también abastecido por esta fuente. No en vano, el famoso historiador Heródoto calificó a Egipto como “Dádiva del Nilo”.

Página 94

Mientras conversa con el general Horemheb, Tutankamón está estudiando una partida de Senet. Con un tablero rectangular dividido en tres hileras con diez casas cada una, se cree que el juego tenía como objetivo tumbar los cinco peones del oponente hacia fuera del tablero. Cómo se haría eso originalmente, continúa siendo objeto de debate. Lo que tenemos en concreto es que Tutankamón parecía apreciar el juego de Senet, ya que, entre los tesoros enterrados en su cámara en el Valle de los Reyes, constaba al menos un tablero.

Página 98

Como nos aseguramos de mencionar durante la obra, está históricamente comprobado que Anjesenamón estuvo embarazada al menos dos veces. No obstante, en ambas ocasiones los fetos fueron mortinatos, y llegaron a ser momificados y enterrados con el propio faraón Tutankamón, lo que deja pocas dudas acerca de que serían sus sucesoras. Hoy se sabe que se trataba de dos niñas, y análisis de las momias sugieren que uno de los fetos tendría cerca de 5 o 6 meses de gestación, mientras el otro, entre 7 y 8.

Página 101

En el segundo panel de la página, nos valimos de una escena bastante recurrente en el arte egipcio: la del faraón en su pose tradicional de ejecución del enemigo. Su primera aparición data de cerca de 3100 a.C., en la Paleta de Narmer, objeto que cuenta la historia del faraón responsable de unificar los reinos del Alto y Bajo Egipto.

Páginas 102 y 103

Una vez más, resaltamos el cuidado que se debe tener para no creer ciegamente (o simplemente desconsiderar) que Tutankamón pudiese haber participado activamente en las batallas. En esta doble página, intentamos capturar la esencia de las piezas de arte que lo muestran como parte activa en combate, pero la verdad sigue siendo mucho más difícil de ser determinada.

CAPÍTULO 5

Página 109

El quinto y último capítulo contiene los jeroglíficos del nombre Osiris-Tutankamón, título dado a Tutankamón ya fallecido, ya que Osiris es el nombre egipcio del dios de los muertos.

Página 112

En su entrenamiento, Tutankamón y Horemheb utilizan una versión de madera de la lámina conocida como khopesh, arma utilizada con bastante frecuencia en el Antiguo Egipto.

Página 115

Análisis de la momia de Tutankamón detectaron que, por lo menos una vez, el faraón sufrió de malaria. Como no hay evidencias históricas que determinen el conocimiento de los egipcios sobre el modo de transmisión de la enfermedad, nos pareció posible que su presencia pudiese ser considerada una especie de maldición a los ojos de la sociedad de la época.

Página 121

Evidencias señalan la posibilidad real de que Tutankamón en efecto haya considerado nombrar a Horemheb como su sucesor. Entre ellas, el hecho de que el general haya recibido del propio Tutankamón el título honorario de “Príncipe Heredero” sigue siendo uno de los mayores indicios.

Página 122

Aquí, entramos puramente en el campo de las especulaciones. Dada la afinidad con que Tutankamón parecía tratar al plebeyo Horemheb, al punto de considerarlo un posible sucesor, no sería raro que otras figuras del círculo real se sintiesen excluidas. Naturalmente, tendría sentido que le atribuyéramos ese papel antagónico al visir Ay, que asumió el trono de Egipto con la muerte precoz de Tutankamón y reinó apenas por algunos años, para después ser sucedido por el propio Horemheb, el último faraón de la Dinastía XVIII.

Página 124

Además de ser un evento ilustrado en muchas piezas artísticas egipcias que sobrevivieron a los siglos, la caza de avestruz también tiene un lugar especial entre los tesoros descubiertos de Tutankamón. Así como la presencia del joven en batalla continúa siendo un misterio, es prácticamente imposible determinar si Tutankamón llegó a participar alguna vez de cacerías como las ilustradas entre sus tesoros, pero debemos confesar que la escena habría sido, como mínimo, bastante simbólica e intensa.

Página 126

Así como tantos otros misterios que rodean la historia del Antiguo Egipto, la muerte de Tutankamón es un enigma que, muy probablemente, jamás será desvelado. Historiadores y arqueólogos se basan en los cálculos científicos que determinan que la momia de Tutankamón corresponde a un joven de unos 19 años, pero la causa de su muerte sigue indeterminada. Desde análisis acerca de un posible trauma craneano hasta otros vestigios corporales menores, la posibilidad de que el joven haya sido asesinado a sangre fría ha perdido fuerza con el paso de los años. Igualmente, la ausencia del corazón, órgano que era intencionalmente dejado en el cuerpo, levanta una serie de preguntas. ¿Se habría visto afectado en la muerte del faraón, según la hipótesis de del Dr. Chris Naunton, o el órgano habría sido víctima de las condiciones poco avanzadas con que el explorador Howard Carter retiró la momia del sarcófago? Lo que muchos estudiosos parecen conceder, sin embargo, es que Tutankamón habría muerto lejos de casa, hipótesis sustentada por la forma casi apresurada como sus posesiones fueron acumuladas en una cámara funeraria que, muy probablemente, había sido inicialmente excavada para abrigar algún otro miembro de la familia real.

Páginas 136 y 137

En esta maravillosa doble página ilustrada por Olavo, intentamos traer el nombre de Anjesenamón una última vez. Sin embargo, los registros históricos no son nada informativos sobre el destino de la reina, que, así como su madre, Nefertiti, simplemente desaparece de la Historia tras la muerte de Tutankamón. Sin embargo, un último indicio ilustra un escenario nada favorable para ella. Al escribir al rey de Naharín (Mitani) tras el fallecimiento de Tutankamón, Anjesenamón describe con temor su situación, indicando que tendría que casarse con alguien cuya sangre no era noble y, por eso, requería que el rey de los Mitani le enviase uno de sus hijos para hacerla su esposa y convertirse en faraón. Evidencias arqueológicas muestran que el faraón Ay la tomó como esposa tras la muerte de Tutankamón, entonces algunas dudas quedan en el aire. ¿Anjesenamón se estaría refiriendo a Ay (lo que derrumbaría la tesis de que él fuese su familiar), o se referiría a Horemheb, que posiblemente pretendía tomarla como esposa para legitimar su posesión como faraón? Una vez más, la verdad parece lejana, y sólo nos resta imaginar cuál fue el destino que se impuso sobre la reina.

Página 142

El 26 de noviembre de 1922, el arqueólogo británico Howard Carter, cuyo trabajo en Egipto era financiado por Lord Carnarvon, logró, por primera vez, vislumbrar el interior de la primera cámara de la tumba de Tutankamón. La historia por detrás de esa excavación merecería una novela gráfica entera por sí misma, de modo que invitamos a nuestras lectoras y lectores a que vayan más allá y descubran un poco más de esa fascinante historia, investigando: cómo el hasta entonces ilustrador Howard Carter llamó la atención del Lord Carnarvon en Inglaterra; cómo Carter y su equipo pasaron años persiguiendo la tumba de Tutankamón sólo con base en algunos objetos que habían sido encontrados con el nombre del faraón; cómo Carter se volvió una figura controvertida; y, claro, el momento mágico en que Carter vislumbró, por primera vez, el interior de la primera cámara de la tumba de Tutankamón.

Página 144

Aunque la imagen del sarcófago sea la representación ideal para finalizar nuestra historia, la primera vista de Howard Carter fue bastante diferente. En realidad, lo que el arqueólogo pudo vislumbrar primero fueron los tesoros del faraón apilados, llenando la primera cámara casi en su totalidad. Las palabras proferidas por él y registradas en su diario, sin embargo, son exactamente las traducidas aquí, coronando uno de los descubrimientos arqueológicos más importantes de la historia; un descubrimiento que, en el año de 2022, conmemoró su primer centenario, y sólo fue posible porque, en 1822 —un bicentenario, por lo tanto—, el francés Jean-François Champollion fue el primero en decodificar los jeroglíficos presentes en el objeto que hoy conocemos como la Piedra de Rosetta. Si el futuro cercano traerá otro descubrimiento explosivo sobre el Antiguo Egipto, eso aún no lo sabemos, pero esperamos que *El Niño Rey* transmita al menos un poco del conocimiento que tantos individuos brillantes se empeñaron en desvelar, y que ustedes, lectoras y lectores, continúen su trayectoria en el universo fascinante del Antiguo Egipto en muchas, muchas otras lecturas futuras.

AGRADECIMENTOS

El Niño Rey es un proyecto que empezó hace casi diez años. Por esa época, mi atención se dirigía al Antiguo Egipto gracias a otro proyecto: un cómic que narraría las interesantísimas memorias de mi jefe de esa época, Tadross Shafik Tradoss, desde su infancia en Egipto hasta su radicación en Brasil. Buscando intercalar su travesía con elementos y estéticas que remitieran a tiempos egipcios más distantes, inicié un proceso de investigación bastante intenso sobre la historia del Antiguo Egipto; proceso que me llevó a apasionarme por los hechos y misterios de un pueblo cuya cultura sigue siendo, hasta el día de hoy, objeto de extrema fascinación y adoración alrededor del mundo.

Pasaron algunos años y, aunque el proyecto no tuvo continuidad, debido a innumerables compromisos mutuos, aquel conocimiento siguió madurando y expandiéndose con mucho cariño, esperando el momento justo para salir del cascarón. Hasta que en 2021 el momento se presentó: cuando estábamos a punto de concluir nuestro trabajo con el cómic *Gioconda*, le presenté a Olavo la idea de otro proyecto, esta vez basado en el Antiguo Egipto, sobre las figuras que más habían estimulado mi imaginación en casi una década de estudios. El momento parecía oportuno, el año siguiente se celebraría el centenario del descubrimiento de la tumba de nuestro protagonista, el faraón Tutankamón, lo que favorecía aún más nuestras ideas. De nuevo, para mi tremenda suerte, Olavo aceptó el desafío de traducir mis arduas investigaciones e intentos de narrativas en una travesía visual simplemente encantadora, y, una vez más, la increíble Mariane Gusmão aceptó darles color y aún más vida a nuestras osadas ideas. Con el apoyo de nuestros incansables editores Arnaud Vin e Eduardo Soares, recibimos luz verde de la Editorial Nemo y empezamos una carrera contra el tiempo para lanzar la obra en la Comic Con Experience (CCXP) 2022, año en que el evento finalmente volvería a su versión presencial. Con mucho sudor, dedicación y pasión de todas las partes, concluimos la obra justamente la semana en que fuimos nominados al Premio Jabuti por *Gioconda*, y, ahora, cruzamos los dedos a la espera del día en que ustedes, lectores y lectoras, puedan tenerla en sus manos.

Registro aquí, entonces, mi inmenso cariño y admiración a todos los que hicieron parte de este camino: a la familia Tadross, por la centella inicial de este proyecto; a mis talentosísimos amigos artistas Olavo Costa y Mariane Gusmão, por haberse lanzado conmigo en esta aventura que atraviesa milenios; a todo el equipo editorial de la Editorial Nemo, por haber creído en nosotros una vez más; al brillante egiptólogo Dr. Chris Naunton, por las lindas palabras sobre nuestro trabajo y, claro, por un prefacio que valida todo nuestro esfuerzo y dedicación; a todos los historiadores, arqueólogos y egiptólogos que dedicaron y dedican sus vidas a desvelar los misterios de una civilización tan fascinante; y, por último, pero no menos importante, a mi esposa Ana Lucía y a mis hijos Lívia y Leonardo por, como siempre, ser los pilares de mi vida en tiempos tan preocupantes y cubiertos de duda. A todos ustedes, de verdad ¡muchísimas gracias!

Un fuerte abrazo,
Felipe Pan
São Bernardo do Campo,
octubre de 2022